Fanchon
Lu moyen

EN LETTRES D'ANCRE

DU MÊME AUTEUR

Aux éditions Grasset

LE TUNNEL, 2019.
LA FIGURANTE, 2016.
RÉTROSPECTIVE, 2012, en coédition avec Calmann-Lévy, 2012, prix Médicis étranger et prix du Meilleur Livre étranger, 2012.

Aux éditions Calmann-Lévy

L'AMANT, 1979.
AU DÉBUT DE L'ÉTÉ, 1970, 1980.
UN DIVORCE TARDIF, 1983.
L'ANNÉE DES CINQ SAISONS, 1990.
MONSIEUR MANI, 1992.
SHIVA, 1995.
VOYAGE VERS L'AN MIL, 1998.
LA MARIÉE LIBÉRÉE, 2003.
LE RESPONSABLE DES RESSOURCES HUMAINES, 2005.
ISRAËL, UN EXAMEN MORAL : ESSAIS, 2005.
UN FEU AMICAL, 2008.

Aux éditions Denoël

TROIS JOURS ET UN ENFANT, 1974.

Chez d'autres éditeurs

POUR UNE NORMALITÉ JUIVE, éditions Liana Lévi, 1992.
COMMENT CONSTRUIRE UN CODE MORAL SUR UN VIEUX SAC DE SUPERMARCHÉ : ÉTHIQUE ET LITTÉRATURE, éditions L'Éclat, 2004.

AVRAHAM B. YEHOSHUA

LA FILLE UNIQUE

novella

Traduit de l'hébreu
par JEAN-LUC ALLOUCHE

BERNARD GRASSET
PARIS

L'édition originale de ce texte a été publiée en 2020 par Hakibbutz Hameuchad, Tel-Aviv, sous le titre :

Habat Ha-Yechida
הבת היחידה

Photo de la jaquette : © Gettyimages.

ISBN 978-2-246-82998-0

À Sarah

1.

L'institutrice n'entend pas le coup toqué à la porte. Captivés par la lecture du conte, les élèves non plus n'y prêtent aucune attention. Après ce cours, les vacances de Noël vont commencer et, derrière les hautes fenêtres, les dernières feuilles mortes tombent en voltigeant. Les élèves des grandes classes, qui ont du mal à se séparer, s'attroupent dans la cour autour des parents venus chercher les enfants des petites classes. Mais la maîtresse, Emilia Gironi, qui donne son dernier cours après avoir remplacé, pour un an, une autre enseignante en congé maternité, répugne à libérer ses élèves avant d'achever de leur inculquer les leçons humanistes d'Edmondo De Amicis.

Seul Andrea, perplexe devant le jeune Ciccillo qui s'obstine à vouloir soulager l'agonie d'un malade inconnu au lieu de revenir dans son village avec son père guéri, entend le bruit et se hâte d'interrompre la fin de l'histoire : « Maîtresse, on frappe à la porte ! » *Cuore* ouvert en main, l'institutrice gagne la porte et reconnaît le visiteur. « Cicillo », s'écrie-t-elle joyeusement devant l'élève de la grande classe qui vient de faire irruption, tout droit sorti des pages de l'ouvrage, pour l'informer que l'élève Rachele Luzzatto est convoquée chez la directrice avec toutes ses affaires.

Au milieu de la classe, se dresse aussitôt, comme si elle attendait la nouvelle, une jolie adolescente élancée à la chevelure bouclée. Le regard étincelant, elle enfourne dans son sac, avec des gestes précipités, ses livres et cahiers et, d'une démarche légère, va décrocher son manteau. Sauf que l'institutrice, qui souffre à l'idée de ne plus revoir cette élève bien-aimée, la retient et noue un fin ruban de soie à son poignet délicat. « Demande à ton père, lui dit-elle, qu'il te trouve *Cuore*, et finis de le lire par toi-même, et peut-être même d'autres histoires de ce livre.

— Mais, on a déjà lu tout ce *Cuore* en primaire, bougonne Rachele. Pourquoi il faudrait le relire ?

— Parce que la mémoire nous joue des tours, répond la maîtresse, c'est pourquoi il faut le relire et s'en souvenir et, en janvier, tu viendras me voir et me raconter ce que tu as ressenti et pensé, et si tu as éprouvé de la tristesse, ou peut-être pleuré, et, dans ce cas, si c'était à cause du malade inconnu ou de Cicillo qui a refusé de l'abandonner.

— Comment je pourrais vous raconter, puisque vous ne serez plus là, vous ne serez plus notre maîtresse ?

— C'est vrai, répond l'institutrice avec un sourire, mais tu pourras venir me voir chez moi, dans ma maison. Tiens, ce ruban de soie t'aidera à ne pas m'oublier. »

Avec un geste précautionneux, elle effleure la tête bouclée et guide les deux adolescents vers le couloir dont la pénombre est tachetée d'une lumière s'infiltrant à travers les classes vides.

« Tu n'as pas besoin de m'accompagner, je connais le chemin. » Mais l'émissaire n'est pas disposé à lâcher cette élève resplendissante de beauté. La directrice l'a envoyé pour la lui amener, il accomplira donc sa mission. Rachele dévisage l'adolescent à la chevelure pâle, plus âgé qu'elle de trois ans. « Tu t'appelles vraiment Cicillo ?

— Non, s'esclaffe-t-il, ça va pas la tête ?

— Alors, pourquoi tu ne l'as pas corrigée ?

— Parce que je la connais, cette *signora* Gironi, moi aussi, j'ai été son élève, et je me souviens qu'elle aimait donner aux élèves les noms de personnages des histoires qu'elle enseignait.

— Alors, c'est quoi ton vrai nom ?

— Enrico.

— Enrico ? s'exclame avec un sourire Rachele, c'est aussi le nom du héros de tout *Cuore*...

— Peut-être, je ne me rappelle plus, et même si c'est son nom, qu'est-ce que ça peut faire ? Moi, je m'appelle Enrico, et c'est comme ça. Voilà, on y est. »

La directrice absente de son bureau, l'émissaire attaché à cette mission à laquelle il a pris goût conduit

Rachele à la salle des profs où se pressent des enseignants et des employés autour d'un panettone géant à la couronne gonflée, truffé de raisins secs, de morceaux de fruits confits et de zestes d'agrumes glacés au sucre, pour célébrer le Nouvel An. Et, afin de ne pas perdre la jeune fille dans la foule, Enrico agrippe sa main délicate et lui fraie un chemin jusqu'à la directrice : « Voici l'élève que vous m'avez demandé de vous amener et, si besoin, je suis prêt à l'accompagner à la répétition du spectacle. »

Mais, malgré sa beauté, Rachele ne participera pas au spectacle, ni même ne chantera dans la chorale, car son père ne l'y autorise pas. « Son père ? s'étonne Enrico, pourquoi ça ? » Cependant, la directrice ignore sa question et conduit la jeune élève dans son bureau où elle lui annonce que la secrétaire de son grand-père a appelé pour demander que Rachele ne rentre pas chez elle mais qu'elle gagne son bureau car son père et sa mère rentreront tard.

Au fait, la jeune élève connaît-elle le chemin du bureau ou faut-il l'accompagner ? Non, elle connaît le chemin et elle n'a besoin d'aucun cicerone. « Tout de même, dis-moi où se trouve le bureau de ton grand-père.

— Pas loin du Duomo. » Pour autant, la directrice ne se contente pas de cette indication et exige le nom de la rue. Ce nom, Rachele l'ignore, mais la rue, elle la connaît, elle l'a déjà parcourue à plusieurs reprises : une petite rue derrière le Duomo. Malgré tout, la directrice craint d'envoyer seule une jeune fille aussi frêle dans le centre-ville, et elle exige la description détaillée du trajet que Rachele ébauche avec des gestes : la main droite place le Duomo et dresse trois doigts, ses trois campaniles, tandis que la main gauche se faufile dans une ruelle où sont situées une pâtisserie et une librairie, puis débouche sur une place d'où partent trois rues dont l'une abrite le bureau de son grand-père avec, à son début, un portail bleu, qui n'est pas le bon, ni le portail gris tout de suite après, et ce n'est que plus loin, au troisième portail, que les doigts gracieux de la fillette s'ouvrent maintenant et pénètrent dans la cour et là, derrière la statue d'une sorte de femme triste, est niché un minuscule ascenseur dans lequel Rachele n'a pas le droit de monter seule, et c'est pourquoi elle grimpe l'escalier jusqu'au troisième étage où se trouvent le bureau de son grand-père et celui de son père.

Certes, la directrice se montre impressionnée par cette charmante cartographie, mais, pour autant, elle suggère de téléphoner chez l'élève et de demander à la cuisinière de venir l'accompagner.

« La cuisinière ?

— La femme qui cuisine vos repas et vient parfois te prendre à l'école.

— Celle qui vient parfois me prendre, sourit Rachele, n'est pas la cuisinière mais Tarsilia, la femme de ménage.

— Eh bien, nous allons appeler Tarsilia.

— Mais Tarsilia n'est pas là, Papa lui a donné congé hier pour qu'elle passe les fêtes avec ses enfants et ses petits-enfants.

— Dans ce cas, nous pourrions appeler tout de même la cuisinière. Comment s'appelle-t-elle ?

— Martina. Mais, elle aussi, Papa l'a envoyée dans son village avec la chienne parce que l'hôtel à la montagne, là où nous nous rendrons demain pour faire du ski pendant Noël, n'accepte pas notre chienne, une chienne de chasse un peu féroce.

— Vous gardez chez vous une bête féroce ?

— Tout à fait, et elle a même un jeune frère au village. »

Stupéfaite, la directrice médite les réponses de l'élève dont les grands yeux semblent se remplir de larmes. Du coup, elle se résout à laisser la fillette s'en aller seule. Mais, entre-temps, le ciel s'est assombri. A-t-elle un parapluie ou, au moins, un chapeau ? Les parapluies, Rachele les a en horreur, et elle n'a pas emporté de chapeau parce que son père lui a garanti qu'il ne pleuvrait pas aujourd'hui. La directrice ouvre l'armoire métallique contenant les dossiers personnels des élèves et en retire un grand béret kaki délavé, en secoue la poussière et en coiffe Rachele. « Comme ça au moins, tes cheveux ne seront pas mouillés s'il s'avère que ton père n'a pas réussi à arrêter la pluie aujourd'hui. » Ensuite, elle soupèse le cartable accroché au dos de la fillette pour vérifier qu'il n'est pas trop lourd, puis lui fait ses adieux.

La plupart des convives ont déjà quitté la salle des profs, à l'exception des enseignantes de musique et de religion dans l'attente que l'institutrice libère enfin les élèves appelés à participer au spectacle. Enrico, lui aussi, s'attarde à retirer le papier de cuisson du gâteau et s'obstine à demander pourquoi le père de Rachele ne lui permet pas de jouer dans le spectacle. « Parce que Rachele, explique la directrice, n'est pas catholique, et c'est la raison pour laquelle son père ne veut pas qu'elle participe à la représentation.

— Mais il ne s'agit pas d'une messe, c'est juste une représentation…

— C'est vrai, une représentation, c'est ce que nous lui avons expliqué, dit la professeure de religion, mais monsieur Luzzatto n'a pas été convaincu : "Vous nous avez massacré suffisamment de juifs, aussi n'essayez pas de nous voler nos rares survivants."

— Nous avons massacré ? s'épouvante Enrico. Nous ?

— Il faisait allusion à la guerre mondiale, explique la directrice qui regrette de ne pas lui avoir demandé d'accompagner Rachele.

— Mais ce n'est pas nous, ce sont les Allemands, s'écrie le jeune homme.

— Cela aussi, nous avons tenté de lui expliquer, intervient l'enseignante de musique, mais il insistait : les Italiens ont aidé les Allemands à persécuter les juifs.

— Il faut bien reconnaître, avoue la directrice, qu'il n'a pas tout à fait tort : nos fascistes ont aidé les Allemands.

— Mais quoi ? s'obstine l'émissaire, séduit par la fillette, son père n'est pas italien comme nous ?

— Comme nous, si, bien sûr, et en même temps, un peu différent.

— Parce qu'il fait quoi ?

— Rien de spécial. C'est un avocat, comme le grand-père de Rachele, c'est une famille riche. Imaginez-vous, fait la directrice en se tournant avec un sourire du côté des enseignantes, ils ont deux domestiques et, en outre, une chienne de chasse.

— Une chienne de chasse ? s'écrie, amusée, l'enseignante de musique. Pour chasser qui ?

— Et moi qui voulais, intervient l'enseignante de religion – laquelle, dans sa jeunesse, était nonne avant de rompre ses vœux – moi qui voulais que notre Rachele joue le rôle de la Mère du Seigneur et qu'elle se tienne près de l'autel avec le Divin Enfant. Après tout, le Messie n'est pas né chez nous en Italie, mais là-bas, en Terre sainte. Et ses boucles, et son teint mat, c'est comme s'ils nous avaient été envoyés de là-bas. »

2.

Le portail de l'école franchi, Rachele se hâte d'ôter le béret, mais les gouttes de pluie l'obligent à le recoiffer. Certes – elle se souvient avec un sourire des propos de la directrice –, son père n'a pas réussi à arrêter la pluie, ou alors, là où il se trouve, on ne sent pas les gouttes aujourd'hui. Elle aimerait voir à quoi elle ressemble avec cet étrange béret mais, si elle revenait pour s'observer dans le miroir posé près de la salle des profs, la directrice serait bien capable de changer d'avis et de lui imposer un accompagnateur. Aussi espère-t-elle trouver un autre miroir sur son chemin et, avant de prendre la via Garibaldi, elle se dirige vers le cimetière municipal où est enterrée la grand-mère de sa mère, décédée avant qu'on ait eu le temps de l'informer que sa petite-fille se convertirait au judaïsme. Tête baissée, la mine grave, elle rejoint un groupe d'endeuillés en se frayant la voie entre des tombes surmontées de croix et pénètre avec eux dans une petite chapelle. De là, pendant les oraisons funèbres, elle s'échappe vers les toilettes avec l'espoir de trouver, même dans un cimetière catholique, un miroir permettant à un vivant de s'y examiner.

Certes, ses boucles sont comprimées sous le béret bizarre, mais son visage affiche une douce expression espiègle qui l'accompagnera jusqu'au bureau de son grand-père. Elle regagne la via Garibaldi et pénètre dans une pâtisserie dont la vitrine expose un sapin abattu de frais. La vendeuse, qui connaît Rachele par son nom, lui découpe une tranche du gâteau de Noël – sœur cadette du panettone de la salle des profs. Et après que la tranche dorée a été, à la demande de la fillette, couronnée d'un filet de mascarpone, Rachele s'isole au bout du comptoir placé à l'écart où elle peut apaiser ses craintes. De l'autre côté de la fenêtre, elle aperçoit au loin les campaniles du Duomo qui lui servira de phare sur son chemin vers Grand-Père. Et tandis qu'elle fait un clin d'œil au personnage polisson reflété sur la vitre, parvient à ses oreilles la voix de la maîtresse, venue se consoler dans cette pâtisserie le jour de son dernier cours, car ses collègues de la salle des profs ne lui ont laissé aucune miette du gâteau.

Aussitôt, l'élève se recroqueville dans son coin afin que la maîtresse ne la repère pas. Elle n'a ni l'énergie ni le temps de s'affliger sur un autre personnage d'un quelconque livre, car qui sait si elle ne devra pas s'attrister bientôt pour un individu qui, lui, n'aura pas le temps de s'incarner en personnage romanesque. Elle se hâte d'essuyer les traces de la crème sur ses lèvres et s'engage dans le couloir menant aux toilettes, espérant que cette pâtisserie dispose d'une sortie dérobée. Mais en poussant la dernière porte, elle se retrouve, à sa grande surprise, au beau milieu d'une vaste cuisine disproportionnée par rapport à la minuscule boutique. Face à une rangée de fours de cuisson sont réparties des tables portant des moules de petits pains crus et pâles en formes et dimensions diverses et variées, dans l'attente de leur cuisson, mais la rumeur agréable et odorante de la salle exige une suite à la tranche de gâteau qui vient d'être avalée.

« Qu'est-ce que tu as perdu ici, fillette ? » De derrière un four surgit un homme de petite taille, on dirait un nabot, dont la toque blanche de pâtissier ressemble à s'y méprendre à celle du rabbin défilant dans la synagogue avec le rouleau de la Torah dans les bras.

« Rien, monsieur, je me disais juste qu'il vous resterait peut-être une brioche en trop ? »

Le mitron, aux cheveux et à la moustache blanchis par la farine, dévisage la jeune fille qui, à en juger par son manteau et ses bottes, appartient à une famille aisée et n'a guère besoin d'une « brioche en trop ». « Non, on n'a pas de brioches en trop, répond-il en souriant, mais on va peut-être te trouver, jeune demoiselle, une brioche qui n'est pas en trop... » Et d'ouvrir la porte d'un four puis, d'un geste agile, il retire un pâton déjà bruni, l'enfouit dans un sachet et la met en garde : il faut le laisser refroidir.

Rachele presse contre son cœur le sachet brûlant et, faisant confiance à cet homme généreux, dont la taille dépasse de très peu la sienne mais dont l'humanité en ferait l'un des personnages de De Amicis, elle l'interroge pour savoir si, par hasard, il n'y aurait pas une sortie de secours dans la cuisine. Parce qu'elle craint que sa vieille institutrice, assise près de la porte de la boutique, n'essaie de la retenir.

« Pourquoi ? Tu as séché son cours ?

— Je ne l'ai pas séché, mais j'ai dû partir. La directrice m'a dit de me rendre au bureau de mon grand-père, parce que mon père et ma mère sont retenus dans la ville voisine pour une visite médicale. »

Le pâtissier lui prend délicatement la main et la guide entre les fours, les sacs de farine et des cartons d'œufs, jusqu'à un monte-charge bringuebalant, avec lequel ils descendent vers la sortie arrière donnant sur les vestiges de l'antique muraille de la ville. « Ici, aucune institutrice ne te guettera, mais tu sauras arriver chez ton grand-père ? »

Certes, elle est désorientée par la brusque transition entre une rue citadine élégante et les vestiges de l'antique muraille, mais elle est certaine de retrouver son chemin, pour peu qu'elle repère les trois campaniles qui lui échappent en ce moment. Aussi demande-t-elle au pâtissier de lui indiquer la direction du Duomo.

« Inutile, dit-il, de revenir vers le corso Garibaldi, continue le long de la muraille romaine et, dans environ trois cents mètres, à côté du couvent Santa-Maria, si tu lèves juste les yeux, tes campaniles vont revenir.

— Tous les trois ?

— Oui, tous les trois, parce que ces trois campaniles-là n'aiment pas se séparer l'un de l'autre. »

Le cœur du mitron fond devant cette élève coiffée d'un béret militaire qui ressemble à une soldate égarée. Avant de se séparer d'elle, il lui suggère de prendre des forces avec la brioche qui n'est pas « en trop », et elle l'extraie du sachet, mord dedans, et bien que son goût soit brûlant et imparfait, faute d'une cuisson aboutie, elle en vante la saveur. Et comme la pluie a cessé de tomber, elle ôte son béret et enferme dedans les restes de la brioche, secoue ses boucles et demande au pâtissier, qui a du mal à la laisser s'en aller, d'introduire le béret avec les restes de brioche dans le cartable sur son dos.

3.

Maintenant, tout en avançant le long de la muraille, escortée à sa droite par le fleuve, elle songe à une autre muraille, plus basse, sur laquelle sont accrochés parfois des panneaux multicolores, non loin de la demeure de son second grand-père, Ernesto. Il y a des milliers d'années – lui a-t-il raconté un jour –, toute la cité était ceinte d'une muraille que les Romains avaient érigée pour leur défense. « Les Romains ? s'était-elle étonnée, ceux-là qui ont aussi détruit le Temple de Jérusalem ?

— En effet, confirma le grand-père féru de vérité historique, à Jérusalem, ils ont détruit et, en Italie, ils ont construit.

— Où ils ont disparu ?

— Non, répondit le grand-père, pieux catholique qui, jadis, fut mécanicien de locomotive, ils n'ont pas disparu, simplement, ils ont changé, et, aujourd'hui, en chaque Italien – posant une main sur son cœur – persiste une trace de Romain.

— Moi aussi ? s'affola Rachele, j'ai encore une trace d'un Romain qui a détruit Jérusalem ?

— Oui, en toi aussi, il y a une trace de Romain que ta mère t'a transmise en te donnant le jour, mais ne t'inquiète pas, ma douce, le Romain en toi est aussi gentil que toi, et il n'a rien détruit, il s'est contenté de bâtir cette muraille pour te protéger. »

Elle constate qu'on a suspendu sur la muraille des guirlandes de lampions colorés, qui seraient allumés les soirs suivants, mais toujours pas de signe des trois campaniles qui doivent la guider. Rachele se morfond – cela valait-il la peine, afin d'esquiver une rencontre avec la vieille institutrice, de renoncer à la rue luxueuse et sûre et d'errer seule le long d'une antique muraille ? Sauf que voilà qu'elle n'est déjà plus solitaire. Des élèves joyeuses en uniformes gris, accompagnées de bonnes sœurs en bures noires, s'échappent de l'école du Sacré-Cœur, portant des branches d'où pendent des grelots de toutes les couleurs et, çà et là, scintillent des casques en fer symbolisant les Romains, gouverneurs de Bethléem au moment de la naissance du Sauveur. Un moine de haute taille en robe brune lève au-dessus de sa tête un berceau de nourrisson, tandis que, sous le manteau d'une élève, dépasse une robe blanche, et son cœur défaille : serait-ce elle, la Mère du Seigneur ? Mais où va se dérouler la représentation et où se situe l'autel ?

Sidérée, elle remarque qu'au milieu des élèves défile aussi en uniforme gris Marta, sa camarade du cours d'hébreu que donne le rabbin envoyé d'Israël. Ainsi donc, rumine amèrement Rachele, le père de Marta ne se soucie guère que sa fille chante et joue dans une église parce qu'il comprend ce que son propre père refuse de comprendre : qu'il s'agit d'un spectacle et non d'une messe.

Les bonnes sœurs orientent les élèves vers un grand édifice de pierre mais sobre, sans dôme ni même campanile, et dans lequel la muraille romaine se fond. Alors, Rachele se souvient des propos du pâtissier et lève le regard vers les cieux : en effet, ils sont là, les trois campaniles du Duomo capturant même une légère nuée. Maintenant que les campaniles ont été retrouvés, ils ne vont pas s'échapper, et pourquoi ne rejoindrait-elle pas les élèves pour jeter un œil sur la représentation similaire à celle à laquelle il lui est interdit de participer ?

Elle franchit d'un pas hésitant le seuil du couvent et pénètre dans une vaste cour intérieure au milieu de laquelle trône un grand sapin. Une jeune nonne s'agenouille au pied de l'arbre et tente de détacher un chien velu, dont la laisse s'est emmêlée entre le tronc et les branches qui retiennent la bête et menacent de l'étrangler. Rachele s'approche et s'aperçoit que ce n'est pas un chien mais un agneau – un agneau voué, lui aussi, à jouer un rôle dans le spectacle.

« Dans le spectacle ?

— Oui, il sera l'âne de l'étable où est né notre Sauveur, explique la nonne. Son frère l'a apporté du village et l'a attaché à l'arbre, et sa corde s'est emmêlée.

— Si vous continuez à le tirer comme ça, la met en garde Rachele, vous allez l'étrangler, et vous n'aurez plus d'âne pour la représentation. Laissez-moi vous aider et, donc, au lieu de le tirer, prenez-le dans vos mains. » Mais la nonne craint que l'agneau ne la morde. « Vous mordre ? Pourquoi il voudrait vous mordre ? Regardez, moi, il n'a pas envie de me mordre. » D'un geste de ses doigts agiles, elle dénoue la corde et place l'agneau dans son giron, plaque un baiser entre ses grandes oreilles afin de gagner sa confiance. Or, l'agneau n'est pas léger, aussi la nonne doit-elle soutenir ses pattes postérieures. Et de cette façon, ensemble, toutes deux dévalent prudemment des marches grossières jusqu'à la crypte du couvent dont les murs enchâssent des pierres de la muraille romaine. La salle ne compte ni statues ni icônes, uniquement d'énormes cierges allumés près d'un grand autel à côté duquel se tient l'élève qui, après avoir ôté son manteau, découvre la robe blanche, en se préparant à donner naissance à l'enfant appelé à délivrer le monde de ses souffrances. Quelqu'un lance : « Étalez la paille », et la mère supérieure, une vieille femme corpulente, dont quelques mèches blanches pointent sous la coiffe, tend les bras pour recevoir l'agneau, le serre contre sa poitrine et le porte jusqu'à l'autel. « Ne le sacrifiez pas », s'affole Rachele, redoutant de se trahir, elle comprend qu'elle doit sortir de là. Puis, croisant Marta, elle lui lâche un *Chalom* sonore, et, forte de cette expression, elle gravit les marches quatre à quatre, traverse la cour et le seuil, lève les yeux pour s'assurer que le triple phare ne l'a toujours pas abandonnée. Or, les campaniles n'ont pas bougé de place et attendent de la guider vers son grand-père, et seule la nuée qui les importunait a disparu.

4.

Dans le dédale des ruelles, les campaniles disparaissent de nouveau, mais Rachele ne s'inquiète plus. Il suffit de demander à un passant pour qu'il lui indique aussitôt la direction, et même, d'aucuns voudront entrer dans le moindre détail, mais elle n'a nul besoin d'une telle minutie, la direction lui suffit, d'autant que retentissent soudain les cloches qui l'orientent vers l'esplanade, et voilà le Duomo avec ses carillons, dans tout l'éclat de sa splendeur.

Des années plus tôt, grand-père Ernesto l'avait amenée ici à l'occasion d'une grande fête, et son père s'était emporté contre l'aïeul. Mais, à cette heure, son père est retenu à l'hôpital, et il ignore qu'elle brûle d'envie de revoir l'immense nef aperçue dans son enfance. Elle pousse prudemment le lourd battant de bois, mais s'interrompt aussitôt. Le Duomo est vide, seul un parfum d'encens plane dans l'air, tandis que le soleil de l'après-midi dore les larges vitraux dont les teintes délicates figurent des animaux antédiluviens et des prophètes oubliés. Dans les profondeurs du chœur trône l'autel, avec une coupe en or scintillante posée dessus. Y a-t-il encore du vin dedans ? Elle éprouve la tentation fugace de regarder à l'intérieur, mais elle sait que son père s'irriterait beaucoup contre elle s'il apprenait qu'elle s'est rendue jusqu'à l'autel – son père ne réussit-il pas, de l'avis de ses amis, à tirer des aveux d'individus, même pour des actes qu'ils n'ont pas commis ? Elle reste figée sur place, seul son regard erre sur la voûte d'où émergent les trois campaniles. Le bambin tout rose, qui plane là-haut dans le giron de sa Mère, sait-il qu'il est destiné à subir le supplice, nu et blessé, sur la Croix, comme sur le tableau énorme derrière l'autel, ou n'est-il qu'un bébé candide, persuadé de n'être qu'un simple juif ?

Un premier accord assourdi de l'orgue la chasse à l'extérieur. Lorsqu'elle se remet en route, elle hésite brièvement : la ruelle en face d'elle est-elle la bonne ? Car la librairie a été délogée par une pizzeria, qui n'a gardé que quelques livres sur deux rayonnages afin d'ajouter une sorte de plus-value à ses pizzas. Mais la place, elle, demeure fidèle à elle-même, et la rue de Grand-Père ne s'est pas évaporée. Un portail bleu, puis un autre gris, et enfin, le bon portail qui la fait pénétrer dans la cour où, derrière la statue mélancolique, se trouve le petit ascenseur. La porte de l'ascenseur est retenue par un jeune homme qui a remarqué l'arrivée de la fillette. « Quel étage, *signorina* ? — Troisième, s'il vous plaît », répond-elle poliment, et lui appuie sur le troisième étage, puis sur le deuxième. Et lorsque les portes s'ouvrent sur le deuxième étage, Rachele sort de l'ascenseur avec le jeune homme. Elle lui explique qu'elle n'a pas le droit de monter seule dans ce vieil ascenseur, même pour un étage. Il se propose alors de l'accompagner jusqu'au troisième étage, avant de redescendre au deuxième.

« Mais que cherches-tu au troisième étage ? s'étonne-t-il en découvrant l'étage plongé dans l'obscurité, tous les occupants sont déjà en vacances.

— Non, pas mon grand-père, l'avocat Luzzatto.

— Ah, dit le jeune homme avec un sourire étrange, tu es la petite-fille de l'avocat ? »

— Exactement, son unique petite-fille. »

Le bureau du grand-père est aussi sombre que le reste de l'étage, car les assistants, les stagiaires et les secrétaires sont déjà partis en vacances de Noël. Seule Valeria, la secrétaire particulière de longue date, a été priée de rester. « Qu'est-ce qui s'est passé ? D'abord, nous nous sommes dit que, malgré tout, tu étais peut-être restée à la répétition du spectacle, mais le concierge a dit que la directrice t'a envoyée chez nous il y a presque une heure et, dans ce cas, qu'est-ce qui s'est passé ? Ton grand-père est si fier que tu saches t'orienter.

— C'est vrai, j'étais certaine de trouver l'adresse d'ici, mais la vieille maîtresse, qui ne nous donnera plus de cours, m'a retenue pour me demander de lire une histoire que je n'ai pas eu le temps d'écouter jusqu'au bout pendant le cours, et elle veut en plus que je pleure sur son héros.

— Une histoire ? sourit la secrétaire. Pourquoi pleurer à cause d'une histoire ?

— C'est ce qu'elle veut, la maîtresse, parce que c'est une histoire de *Cuore*, un livre important que vous devez sûrement connaître, mais il est si ancien.

— Cela ne vaut pas la peine de pleurer à cause d'un vieux livre. Bon, maintenant, je vais pouvoir lui annoncer que tu es là, parce qu'il est encore en réunion avec des gens, et moi, je vais me dépêcher de rentrer chez moi pour préparer la fête. Pour vous, la fête est déjà derrière vous et, chez nous, elle commence à peine.

— C'est vrai, confirme Rachele, mais la fête des Lumières n'est pas une fête très importante, juste des bougies et des beignets. Mais, qu'est-ce qui se passe avec Papa ? Ils sont déjà en route ? Au fait, pourquoi ont-ils dû aller à cet hôpital qui est si loin ?

— Parce que ta grand-mère leur a trouvé un rendez-vous avec un ami, le directeur de l'hôpital, afin qu'il l'ausculte lui-même, mais, pressons, va saluer ton grand-père qui se ronge les sangs. »

Sans ôter le cartable de son dos, Rachele pénètre dans la grande salle de réunion baignant dans la fumée et l'odeur de tabac. Grand-père Roberto trône en bout de table entouré par ses « paysans », comme son fils appelle les villageois de la région persuadés qu'un juif astucieux pourra décider pour eux ce qu'eux-mêmes ont du mal à décider.

« La voilà, la voilà ! s'écrie le grand-père en se redressant, je vous l'avais bien dit que ma petite-fille connaissait le chemin ! »

Et les « paysans », corpulents, certains en bleu de travail et casquette hors d'âge, accompagnés d'un vieux moine en bure noire sur laquelle pend une grande croix dorée, se joignent avec un grognement poli à l'enthousiasme de l'avocat pour sa petite-fille unique.

Mais Valeria n'a pas de temps à perdre en effusions. Elle conduit Rachele au bureau de son père au fond du couloir et relève le store pour donner plus de lumière. Et comme la cuisinette du cabinet est déjà fermée, elle ne peut proposer à la jeune visiteuse qu'une tasse de thé. « Inutile, dit Rachele, je ne suis pas malade et je n'ai pas faim parce que en chemin j'ai déjà mangé une tranche de panettone, puis un pâtissier nain m'a ajouté une brioche. » La secrétaire retire une couverture en laine d'une armoire et la pose sur un large canapé en cuir et fait ses adieux en embrassant la fillette qu'elle connaît depuis le berceau.

Cependant, Rachele ne veut pas s'étendre sur le canapé. Elle préfère s'installer sur le siège de son père devant sa table de travail et inspecter ce qui est enfoui dans les tiroirs. Elle ôte le cartable de son dos et en tire les restes de brioche. Sa cuisson a sans doute dû se poursuivre à l'intérieur du béret bizarre car, au goût inabouti du début, s'est ajoutée une pointe aigre-douce. Ce bureau ne contient pas de nombreux dossiers comme celui de Grand-Père, ou même dans le petit bureau de Valeria. « Je m'occupe des gens, se flatte son père, je plaide devant les tribunaux et discute avec des êtres humains, tandis que ton grand-père traite des dossiers. » Mais, devant les propos de son fils, le grand-père avait réagi par un sourire : « Pas de gens sans dossiers... », avait-il murmuré.

En guise de dossiers éparpillés sur les rares rayonnages, des modèles réduits, très minutieux, de motos et de voitures, surtout des bolides, de même que des pipes de toutes formes, ainsi que des coquillages de tailles et de couleurs différentes sur deux étagères, ramassés sur des plages d'Italie et d'Israël.

Dans le premier tiroir est dissimulé un cendrier débordant de mégots avec, à côté, une cartouche fermée de cigarettes américaines achetée lors d'un vol en avion. « Les cigarettes vont tuer ton père, et pas sa moto », ressasse la grand-mère, et, du fait de cette mise en garde, le cendrier est caché dans le tiroir comme preuve de culpabilité. Aussi Rachele voudrait-elle jeter par la fenêtre la cartouche de cigarettes, sauf que, dehors, la pluie tombe, et les cigarettes vont donc être mouillées, et aucun passant ne pourra en profiter. Le jeune et beau rabbin venu d'Israël leur a enseigné l'interdit biblique *Bal tach'hit*, « Ne détruis pas » – Ne gâche pas ce qui peut se révéler utile... « Ça veut dire quoi, *bal* ? avait interrogé Marta.

— *Bal*, ça veut dire *lo*, non, ne pas, avait répondu Rachele, connue pour son don des langues.

— Pourquoi, alors, on dit *bal* au lieu de *lo* ? avait pinaillé Marta.

— Pour que tu aies quelque chose à demander, et moi à t'expliquer. »

Et donc, à cause de cette injonction de « Ne pas gâcher », Rachele glisse maintenant la cartouche de cigarettes quelque part dans les entrailles du canapé. Certes, il est toujours possible d'acheter une autre cartouche, mais, du moins, celle-là ne tuera personne jusqu'au jour où ce canapé sera emporté au marché aux puces.

De la salle de réunion parviennent des voix échauffées, mais les esprits se calment peu à peu, et, après un bref silence, la voix de Grand-Père résonne, en train, semble-t-il, de proposer son propre compromis. Rachele ne saisit pas les mots, mais on dirait que le ton assuré du vieil avocat, qui parfois l'apaise elle aussi, refroidit les ardeurs des « paysans ». Maintenant, le grand-père les abandonne à leur sort, à digérer la solution, et il pénètre dans le bureau de son fils. « Magnifique, s'exclame-t-il à l'adresse de sa petite-fille assise sur le siège de son père, tu es exactement à ta place. Toi aussi, tu vas faire des études de droit et tu dirigeras ce cabinet lorsque ni moi ni ton père ne serons plus là. » Il délace ses chaussures et s'étend sur le canapé en cuir, sans remarquer la cartouche de cigarettes cachée sous lui.

« Comme elles sont belles et agréables, ces vacances que les catholiques offrent aux juifs. Un long congé férié, mais sans prières, sans repas et sans cadeaux. Des vacances sans corvées.

— Tu en as fini avec tes paysans ?

— Toi aussi, tu les appelles "paysans" ? Ma chérie, ils ne sont pas tous paysans, et il y a avec eux un moine important venu vendre des terres. Je les ai laissés seuls exprès, pour qu'ils aient l'impression que la proposition sur la table n'est pas la mienne mais la leur, qu'ils y sont parvenus d'eux-mêmes. Lorsque tu dirigeras ce cabinet, toi aussi, tu te conduiras comme moi. Pose sur la table le bon accord, puis quitte la salle, afin qu'ils ne disent pas que le juif les a obligés à signer. Tu saisis ?

— À peu près, pas vraiment, mais c'est comme ça que tu fais d'habitude ?

— Exactement, et c'est comme ça que tu feras à l'avenir, mais tu as encore tout le temps et, en attendant, toi aussi tu as de longues vacances. Après-demain, vous rejoignez votre hôtel à la montagne, vous allez vous amuser dans la neige, skier. Tu es contente ?

— Non, Grand-Père, je ne suis pas contente, je suis triste. Très triste.

— Pour quelle raison ?

— Parce que je voulais à tout prix participer au spectacle de l'école, qui aura lieu demain midi, mais Papa me l'a interdit.

— Ton père te l'a interdit ? Pourquoi ça ?

— Parce que la maîtresse de religion, même si je suis dans la classe des petits, m'a choisie pour le rôle de la Madone. D'après elle, ce rôle me revient à cause de mes boucles de cheveux et de ma voix pure, et j'ai déjà appris par cœur le rôle, mais voilà, Papa s'en est mêlé et a averti la directrice de ne pas me prendre, ni dans le spectacle ni dans la chorale.

— Même pas dans la chorale ? Mais pourquoi ?

— Demande-lui, c'est ton fils.

— Mon Dieu, je suis désolé, pourquoi tu ne me l'as pas raconté ?

— Qu'est-ce que ça aurait changé ? La plupart du temps, il n'écoute pas.

— C'est vrai, mais cette fois, je l'aurais convaincu. Franchement, quelle catastrophe pouvait arriver si tu avais joué une fois le rôle de la Vierge Marie et représenté un bref moment la Mère du Seigneur ? Après tout, ce n'est qu'une représentation, pas une messe.

— C'est exactement ça, Grand-Père, exactement, s'enflamme Rachele, c'est aussi ça que tout le monde lui a expliqué, les maîtresses et la directrice, mais lui, il était têtu, et c'est pourquoi, au lieu de me tenir demain en robe blanche devant l'autel et d'enfanter le Divin Enfant devant tous les élèves et les parents, je vais rester seule à la maison avec mon chagrin.

— N'exagérons pas… enfanter, murmure le grand-père avec un sourire, montrer, uniquement montrer, mais, vraiment, dommage que tu ne m'aies rien dit car je l'aurais peut-être persuadé de renoncer à son opposition.

— Persuader ? Qu'est-ce que tu lui aurais dit de différent des maîtresses ?

— Si je lui avais expliqué la raison profonde de son refus, il aurait évidemment compris et changé d'avis.

— La raison profonde ? Mon Dieu, quelle erreur j'ai faite de ne pas te raconter, mais comme il est cruel, le père que tu m'as donné. »

Déjà, les larmes perlent dans ses yeux immenses.

« C'est pourquoi, dorénavant, tu me raconteras ce qui te pèse sur le cœur, et si tes parents te font souffrir, j'essaierai de t'aider. Tu es mon unique petite-fille, et moi, je suis fier de toi. Tu as vu que j'ai accroché tes compositions dans mon bureau pour que tout le monde t'admire ?

— Dans ce cas, confie-moi ce que tu lui aurais dit. »

Un instant, le grand-père hésite à révéler un secret de son passé, mais le désir de partager avec sa petite-fille chérie la soudaine appréhension à propos de l'attitude de son fils l'emporte : « Je lui aurais expliqué que ce n'est pas à cause de toi qu'il s'oppose à ce que tu sois la Madone, mais à cause de moi.

— À cause de toi ?

— Parce qu'il sait que, pour sauver ma vie pendant la guerre, j'ai été prêtre dans une église, et il craint que, si tu commences à fréquenter les chrétiens, ne serait-ce que pour une représentation, ça puisse te plaire.

— Un curé ? Toi ?

— Uniquement pendant la guerre. Lorsqu'on a commencé à dénoncer les juifs pour les déporter, ta grand-mère, qui était sur le point de mettre au monde ton père, se cachait dans un petit village de montagne, et moi, je ne pouvais plus me trouver à ses côtés parce que tout le monde savait que j'étais juif. Alors, j'ai contacté un ancien professeur avec qui j'avais étudié le droit à Bologne, un chrétien pratiquant, mais qui m'aimait beaucoup, et il m'a attribué le nom de son fils, décédé dans sa jeunesse, m'a procuré des faux papiers. Et grâce à la recommandation d'un de ses amis haut placé, il a réussi à me faire envoyer dans une petite bourgade, non loin de la mer, afin d'aider un prêtre très âgé.

— Quelle bourgade ? Quelle mer ?

— Je ne révélerai jamais son nom. Ni celui de la région. Même ta grand-mère l'ignore, et ton père aussi. Du jour où la guerre s'est terminée, je n'y ai plus jamais remis les pieds.

— Mais comment on t'a permis d'être curé ? Comment tu as su faire le curé ?

— Ce n'est pas si compliqué, je connaissais parfaitement le latin, et je devais seulement suivre le prêtre pour les prières et les rites. Il m'enseigna aussi comment se comporter au confessionnal, ce qui, jusqu'à ce jour, m'aide dans mon métier d'avocat.

— Et où tu habitais là-bas ?

— Dans le presbytère qui appartenait à l'église, et les femmes s'occupaient de la nourriture, de sorte que je n'ai manqué de rien.

— Et personne n'a soupçonné qu'au fond de toi se cachait un juif ?

— Qui sait ? Mais quand j'ai senti qu'on commençait à se méfier de moi, j'ai pris mes jambes à mon cou. En tout et pour tout, j'ai été curé pas plus d'un an et demi.

— Tout de même, quand tu priais et chantais, tu ne croyais pas vraiment que Jésus était le fils de Dieu, surtout après avoir accompli des miracles aussi étonnants, et donc, que la Madone, sa Mère, était vraiment la Mère de Dieu ?

— Que te répondre, ma chérie, tu as des questions pas faciles, et c'est pourquoi tu seras une bonne juriste. C'est vrai, parfois, un peu, en effet, j'ai cru en leurs saints. Par gratitude. Car c'est à eux que je dois d'avoir eu la vie sauve. Si Mahomet ou Bouddha m'avaient sauvé la vie, j'aurais commencé à croire en eux, à leur rendre grâce.

— Bouddha ? C'est qui ?

— Le dieu des Hindous, des Japonais et de bien d'autres peuples.

— Tu aurais aussi prié Bouddha ?

— Pourquoi pas, si notre Dieu était à ce point affaibli qu'il n'a pas réussi à nous sauver, pourquoi on ne prierait pas d'autres dieux ? Je veux dire, donner au moins le spectacle de la prière. Mais, pour les habitants du village, j'ai participé à la messe comme il se doit et avec ferveur, et eux priaient et chantaient avec moi. Mais, ma chérie, pas un mot de tout ça à quiconque, et surtout pas à ta grand-mère, qui croit que j'avais vraiment l'intention de me convertir. »

Un léger coup à la porte. Le père abbé et un paysan ventripotent s'encadrent dans le chambranle. « Pardonnez-moi, *signore* Luzzatto, à la fin, nous avons décidé d'accepter votre proposition.

— Avec sagesse, avec une infinie sagesse, répond Grand-Père en bondissant du canapé. Et vous avez signé ?

— Oui, sur toutes les pages que vous avez signalées.

— Parfait, s'exclame Grand-Père, et maintenant, mes chers amis, Lorenzo, Pietro, je vous en prie, avant de partir, dites bonjour à ma petite-fille, Rachele Luzzatto, qui, à l'avenir, rejoindra ce cabinet comme avocate et le dirigera avec Ricardo quand je ne serai plus là.

— Bon rétablissement à Ricardo, fait le père abbé en hochant la tête. Nous prions tous pour lui. »

Et tandis qu'il pose sa main sur la tête de Rachele afin de la bénir, il remarque le béret kaki délavé sur la table, et il le soulève avec stupeur.

« Où as-tu trouvé ce béret, *signorina* ?

— La directrice me l'a donné aujourd'hui, avant que je parte de l'école, parce qu'il commençait à pleuvoir…

— Comme c'est intéressant – les yeux bleus du père abbé étincellent –, nos partisans portaient exactement le même béret pendant la guerre.

— Les partisans ?

— En effet, et nous gardons dans les monastères des vêtements et des affaires de gens qui se cachaient chez nous pendant la guerre et qui ne sont jamais revenus les récupérer. »

5.

Au cœur du silence retombé dans le bureau après le départ des « paysans », la lumière du jour faiblit de plus en plus, et Grand-Père allume une autre lampe dans la pièce, sans qu'il lui vienne à l'esprit de demander à Rachele si elle a grignoté quelque chose depuis le matin, et lorsqu'elle – qui a faim malgré la tranche de gâteau et la brioche avalées – entre et propose qu'ils aillent attendre le retour de ses parents au restaurant du bout de la rue, il hésite. La pluie redouble de vigueur et, au restaurant, midi a sonné depuis longtemps, il ne sera possible de commander que des restes, alors qu'à la maison les attend sûrement le repas que la cuisinière a préparé. « Pas de repas qui tienne, décrète Rachele, Martina a été envoyée au village avec la chienne parce qu'à l'hôtel ils ont peur de sa férocité.

— Pas grave, répond le grand-père, ta mère va bien te cuisiner quelque chose…

— Non, Grand-Père, Maman déteste cuisiner, et même quand elle accepte de s'y mettre, ses plats n'ont aucun goût, allez, viens, on descend au restaurant », le supplie sa petite-fille au bord des larmes, et cela provoque non seulement la pitié mais aussi la faim de son aïeul. Aussi lui demande-t-il de lui accorder juste une demi-heure afin de régler les affaires qu'il est susceptible d'oublier, ensuite, ils se rendront là où elle décidera. « Mais tu n'oublies jamais rien, gronde Rachele, pourquoi justement aujourd'hui tu aurais peur d'oublier ? » Elle propose la pizzeria qui a avalé l'ancienne librairie. « Parfait, s'enthousiasme Grand-Père, on va aller là-bas. Quand il s'agit de pizza, c'est toi l'experte. » Rachele se précipite au cou de son svelte grand-père dont les gestes trahissent une élégance flegmatique et qui, dans les fêtes de la communauté, brille par ses talents de danseur.

« Quand tu étais curé…

— Je m'en veux de te l'avoir raconté…

— D'accord, je te promets de me taire, mais quand tu étais curé, tu devais aussi nourrir tes chrétiens avec l'hostie…

— Évidemment, ça fait partir de la messe.

— Mais c'est quoi exactement, une hostie ?

— C'est une sorte de galette qui symbolise le corps de Jésus.

— Peut-être que tu as gardé quelques galettes d'hosties ?

— Comment ça, tête de linotte ? C'était il y a presque soixante ans.

— Mais quel goût elle a, cette galette ? J'aurais bien voulu essayer une fois.

— Aucun goût, quelque chose de sec, et de fin, on la met sur la langue, et elle fond.

— Moi, si j'étais un curé juif comme toi, je nourrirais mes fidèles avec, au lieu de galettes sans goût, de petites pizzas que même le rabbin a dit qu'elles sont *cacher*.

— Des pizzas ? s'écrie le grand-père, amusé.

— Pourquoi pas ? Si l'on doit manger quelque chose de Dieu, autant que ça soit délicieux. »

Affamée, elle retourne en soupirant dans le bureau de son père, éteint la lumière, s'allonge sur le canapé en cuir et, dès l'instant où elle étale la couverture sur elle, se répand le parfum de la crème à raser de son père et, saisie des délices de la nostalgie, elle s'assoupit sur-le-champ.

Mais quand retentit de l'autre côté du mur la voix bouleversée de sa mère, elle découvre, toute surprise, son père assis à son bureau en train de feuilleter un journal. Le cendrier, dissimulé jusque-là dans un tiroir, apparaît maintenant vidé, à l'exception d'un unique mégot.

« Papa ! s'écrie-t-elle, émue, tu es enfin revenu ! »

Il lui tend les bras et elle bondit pour se réfugier contre sa poitrine à grand renfort d'étreintes et de baisers ; il enfouit son visage dans ses boucles, hume ses cheveux, et lorsqu'elle veut s'asseoir sur ses genoux, son père lui dit : « Qu'est-ce qui te prend ? C'est mon bébé qui est de retour ? » Mais elle se juche sur ses genoux, pose la tête sur sa poitrine, yeux clos, écoutant les battements de son cœur.

« Pourquoi vous avez tardé autant ?

— Ça a pris du temps.

— Et pourquoi Maman est tellement bouleversée ? Qu'est-ce qu'elle raconte à Grand-Père ?

— Ce que le médecin a dit.

— Et pourquoi elle pleure comme ça ?

— Parce qu'elle croit que je vais bientôt mourir.

— Et tu vas vraiment mourir bientôt ?

— Pas du tout !

— Parce que gare à toi si tu veux mourir !

— Pourquoi je voudrais mourir ?

— Promets-moi que, si tu dois mourir, tu mourras très vieux, tu mourras à la fin, quand moi aussi je serai à la fin.

— Promis.

— Parce que je suis encore en colère contre toi.

— Pourquoi ?

— Parce que tu ne m'as pas permis de jouer et de chanter dans la pièce de Noël. Même Grand-Père t'en a beaucoup voulu.

— Encore ce spectacle ! Pourquoi est-il aussi important pour toi ?

— Parce que la maîtresse de religion voulait que je sois la Madone, elle a dit que ce rôle était fait pour moi à cause de ma voix pure, et aussi de mes boucles. En plus, j'étais la première de ma classe à connaître le rôle par cœur.

— Que ta maîtresse d'art dramatique se déniche une Madone catholique, lâche le père, il ne manque pas de fillettes tout à fait convenables.

— Comme tu es cruel ! T'es pas sympa. Tiens, le père de Marta n'a aucun problème à ce qu'elle chante dans une chorale à l'église.

— Comment le sais-tu ?

— Par hasard, je l'ai aperçue aujourd'hui au couvent de Santa-Maria.

— Quoi ? Comment tu t'es retrouvée dans ce couvent ? Pourquoi es-tu entrée là-dedans ?

— Je n'y suis pas entrée, je passais par là par hasard, je te le dis, mais, dehors, il y avait une bonne sœur affolée qui m'a demandé de l'aider à faire pénétrer un agneau pour la représentation, parce qu'elle craignait que l'agneau la morde, et moi, je l'ai rassurée et je l'ai fait entrer dans le couvent, et soudain, j'ai vu Marta chanter dans la chorale.

— Un agneau dans la représentation ? Ces nonnes ont complètement perdu la raison.

— Pourquoi pas un agneau, si l'on veut que le spectacle soit crédible ? Après tout, Jésus est né dans une étable, mais c'est difficile de faire entrer un cheval dans l'église, alors, qu'est-ce que ça peut faire si on apporte un agneau à sa place ?

— Pour ma part, ça ne m'intéresse pas, et, si tu veux mon avis, qu'ils prennent même des lions ! Mais je n'aime pas du tout que tu te balades dans des couvents et des églises.

— Mais le père de Marta n'en fait pas toute une histoire, même si elle juive comme moi. Et, de toute façon, elle passe toute la journée au Sacré-Cœur des bonnes sœurs.

— Uniquement parce que les parents de Marta n'ont pas d'argent. Tous deux étudient la médecine, ils ont envoyé Marta chez les bonnes sœurs parce que, chez elles, on garde les élèves jusqu'à quatre heures de l'après-midi.

— Mais ils sont quand même juifs et pourtant ils n'ont pas peur des bonnes sœurs.

— Ils n'ont pas peur parce que lorsqu'ils seront médecins, ils immigreront en Israël et, là-bas, Marta sera débarrassée de tout le lavage de cerveau des nonnes. Mais toi, tu restes en Italie, et ici, dans chaque rue, il y a une église ou un couvent, et les cloches y sonnent sans arrêt.

— De toute façon, les églises sont vides…

— Vides ? Comment le sais-tu ? Peut-être qu'en ce moment elles sont vides, mais qu'arrivera-t-il à l'avenir ? Évite tout ça, c'est pas si difficile et, de toute façon – brusquement, il s'écarte et l'oblige à se mettre debout –, ça suffit de pleurnicher pour des bêtises, assez de tes caprices. Il existe des malheurs autrement plus grands. »

Au geste décidé qui l'a éloignée de son père, elle comprend l'angoisse qui le mine, comme avant un procès fatidique et que l'avocat qu'il affronte se révèle expérimenté et affûté, sauf que, cette fois, cet adversaire est logé en lui.

Le grand-père et la mère entrent dans la pièce. Les traits fatigués de la mère trahissent une crainte nouvelle, tandis que le grand-père, portant deux grandes enveloppes de clichés, tente de conserver comme toujours sa raison et son sens pratique. Il emportera les examens sur leur lieu de vacances. Dès demain, ils se mettront en route car sa Carla aime assister à la messe de minuit dans l'église des pêcheurs, près du port. Et pendant son congé, il aura tout loisir de prendre conseil auprès de ses amis, compagnons de vacances, des médecins réputés, des chefs de service dans des hôpitaux des grandes villes. Et comme tout ce beau monde aura du temps à profusion, il sera possible de creuser le sujet et de parvenir à la meilleure décision, autrement dit : soit attendre, soit se hâter d'opérer.

« Pas question d'une opération, tranche le père, il n'y a rien là-dedans.

— On va prendre conseil, vérifier, répond Grand-Père, il n'y a pas d'urgence. Mais tu crois vraiment que, dans ton état, c'est raisonnable de partir demain pour la neige et le froid ? Ça ne serait pas plus logique de te reposer quelques jours à la maison, ensuite de fêter le Nouvel An dans un hôtel plus proche, au bord d'un lac de la région ?

— Non, Papa, nous allons à la montagne, demain soir, Paolo va nous conduire avec son quatre-quatre et la remorque pour la moto.

— Paolo ? Pourquoi ? demande le grand-père. Cette fois encore, tu n'es pas disposé à te passer de ta moto ?

— Pourquoi je m'en passerais ? C'est peut-être la dernière fois…

— Ne provoque pas Satan !

— Satan ? s'esclaffe le père. Qui c'est ? » Il soulève le béret usé et le brandit : « Qu'est-ce que ce chiffon fait sur mon bureau ?

— Ce n'est pas un chiffon, Papa, c'est un béret que la directrice m'a trouvé pour que je ne me mouille pas sous la pluie.

— Et où as-tu laissé ton chapeau ?

— Je ne l'ai pas pris parce que tu as promis qu'aujourd'hui il ne pleuvrait pas.

— J'ai promis, j'ai dit, j'ai promis, j'ai dit, marmonne le père d'un air courroucé, tout ce que je dis ne doit pas être sacré à tes yeux mais, tout de même, pourquoi la directrice n'a pas pu te trouver quelque chose de plus habillé que ce chiffon ?

— Ce n'est pas un chiffon, intervient le grand-père, le père abbé que j'ai reçu tout à l'heure a dit que c'était le béret d'un partisan de la dernière guerre.

— Dans ce cas, fait le père en jetant le béret dans un tiroir de sa table, nous allons le garder jusqu'à la prochaine guerre et, pour le moment, vive la liberté, les vacances et peut-être un peu de vie !

— Ta mère est au courant pour les examens ? demande le grand-père.

— Bien sûr. Le directeur de l'hôpital m'a accompagné pendant chaque examen, et ce n'est pas pour mes beaux yeux, mais pour elle, et je n'ai aucun doute qu'il lui a déjà transmis non seulement les résultats mais aussi les pronostics qu'il craint de m'annoncer. Au fait, Papa, tu as sûrement entendu parler de ce directeur, Salvatore Novarese, qui est non seulement un excellent médecin mais une personne cultivée. Se pourrait-il qu'il ait été l'un des amants de Maman ?

— Suffit, Ricardo ! Combien de fois t'ai-je dit que les amants de la femme dont j'ai divorcé ne m'intéressent pas ? De plus, pour l'amour du Ciel, fais attention lorsque tu parles devant ta fille. »

6.

Avec ses guirlandes de lampes multicolores, la ville resplendit sous les lumières de la fête. Dans les vitrines des magasins, et surtout dans les boutiques de jouets et de vêtements d'enfants, sont disposés des socles blancs en polystyrène sur lesquels sont exposées de petites poupées censées représenter la Nativité, deux millénaires plus tôt, dans une bourgade torride bénéficiant à grand-peine de quelques rares flocons de neige, à chaque hiver. Mais dans cette cité du nord de l'Italie, sans doute tournoient déjà dans l'air les premiers flocons éclaireurs. « Pas besoin d'aller chercher la neige dans les Alpes, dit Rachele, elle est déjà en route.

— Mais nous n'allons pas chercher la neige, répond son père, mais de la glace épaisse et solide parce que le ski que les juifs pratiquent à Noël, c'est aussi une prière à la mémoire de Jésus le chrétien.

— Pourquoi à sa mémoire ? s'indigne la mère. Après tout, s'il est né à Noël, il n'est pas mort à cette date.

— Au temps pour moi : non pas à sa mémoire mais à sa gloire. »

Passant devant la nouvelle pizzeria dévoreuse de librairie, Rachele suggère de l'essayer. « Je sais qu'il n'y a rien à manger à la maison, et j'ai terriblement faim, depuis midi, j'ai à peine avalé une brioche à moitié cuite qu'un nain m'a donnée par pitié. » Mais son père n'est disposé à s'arrêter nulle part, impossible de se garer, les rues sont envahies de cohortes de chalands. Ils trouveront bien quelque chose à manger chez eux. « C'est sûr, de la nourriture froide et pas cuisinée, les prévient la mère, parce que tu as envoyé Martina trop tôt dans son village.

— C'est vrai, quoi ! ronchonne Rachele. Qu'est-ce qui pressait de l'envoyer chez elle ? Après tout, on pouvait demander au chauffeur de Grand-Mère de garder la chienne.

— Ne dis pas "le chauffeur de Grand-Mère", il a un nom.

— D'accord, bon, Paolo pouvait s'occuper de Diana.

— Paolo ne pourra pas, il a chez lui une petite chienne que Diana aurait démolie, tandis qu'au village un jeune frère l'attend, et ils courront ensemble dans les champs. Tu n'es pas la seule à prendre des vacances, jeune demoiselle, ta chienne aussi y a droit.

— Bon, qu'est-ce qu'on va manger ? J'ai faim, terriblement faim. À l'église, pendant la répétition du spectacle, je suis sûre qu'on a donné des pizzas de dingue à tout le monde.

— Ça suffit avec ton spectacle chrétien, chez nous, il va y avoir de la véritable nourriture parce que, cette fois, c'est moi qui vais cuisiner.

— Toi, vraiment ? s'étonne la mère. Tu es malade et épuisé.

— Non, j'ai la force, et quand je veux, je peux aussi cuisiner. »

Dans le vaste appartement, un penthouse dans un immeuble ancien, restauré admirablement, la mère s'empresse d'informer ses parents des résultats médicaux. Demain, avant le départ à la montagne, ils feront certes un saut chez eux pour leur souhaiter la bonne année et recevoir leurs cadeaux, mais l'inquiétude causée par le diagnostic nécessite quelques premiers mots. Rachele se joint à la conversation pour s'enquérir si, par hasard, il y aurait *Cuore* dans la bibliothèque de Grand-Père, parce que la maîtresse lui a demandé de finir le livre dont la lecture a été interrompue, puis de lire un ouvrage supplémentaire et de revenir lui raconter l'impression qu'elle en a retirée.

« *Cuore* ? s'exclame la grand-mère, on étudie encore ce bouquin nationaliste ? Pourquoi lire un ouvrage qui encourage les enfants à se sacrifier dans des guerres inutiles ?

— Dans des guerres ? s'écrie, stupéfaite, la petite-fille. Lesquelles ? »

Et alors, le grand-père s'en mêle : « Ne fais pas attention à ce que dit Grand-Mère, elle est la dernière au monde à n'avoir pas encore compris que "pacifisme" est un mot creux. Je vais te chercher *Cuore*, et si je ne le trouve pas, je t'en achèterai un neuf. »

Le père a déjà enfilé un tablier et examine ce que la cuisine contient ou non, mais avant que soit définie la recette de ce qu'il s'apprête à cuisiner, il exige de sa fille de ramasser tous les jouets de la chienne de chasse et les os à ronger en cuir sur lesquels elle aiguise ses crocs et de les regrouper dans son panier vide.

« Je me languis déjà d'elle, soupire Rachele.

— Tu n'as aucune raison de te languir d'elle, répond le père, parce qu'elle va recommencer bientôt à nous mettre bas des chiots, aussi, au lieu de te languir, suggère-moi quoi cuisiner : des spaghettis ou un risotto ?

— Cuisine ce que tu connais le mieux, disons des spaghettis, mais fais-en énormément, sinon, c'est toi, Papa, que je vais dévorer tellement j'ai faim. Et veille à ce que les pâtes ne soient pas molles, mais le parmesan, c'est *moi* qui vais le râper. »

Ce n'est que rarement que Ricardo Luzzatto mitonne un repas pour sa famille, étant donné que, la plupart du temps, il mange à l'extérieur. Mais il se considère toujours comme un fin gourmet et lorsqu'il découvre au restaurant un mets qui le séduit, il se rend dans la cuisine pour y pêcher le secret de ses saveurs. Et bien qu'il écoute attentivement les explications, il ne note rien, de sorte qu'il est impossible de savoir ce qu'il a retenu lorsqu'il décide de reconstituer le plat pour sa famille.

Dehors, la neige tombe dru à cette heure, et une bise glaçante souffle, mais il fait chaud dans la maison, aussi Rachele sort-elle de la douche en légère chemise de nuit et va appeler sa mère pour qu'elle vienne à la table, sauf que cette dernière s'est lovée en position fœtale et, dans son sommeil profond, essaie de repousser de sa conscience la terrible nouvelle qu'elle vient d'apprendre. Rachele prend soin de ne pas la réveiller, éteint la lampe et referme la porte et, en chemin vers la cuisine, plonge le couloir dans l'obscurité afin qu'aucune lumière ne tire sa mère de son sommeil. Dans la vaste cuisine briquée, attendent des spaghettis odorants, déjà mélangés à de la ricotta, et sur lesquels il ne reste plus qu'à gratter des lamelles de parmesan.

« Maman dort à poings fermés, tu es sûr qu'il faut la réveiller ?

— Non, inutile. Elle a besoin de sommeil pour s'habituer à l'inquiétude qui la ronge.

— Elle a peur de quoi ? Je n'y comprends rien, et toi, tu n'expliques rien.

— Plus tard, à la fin, tu comprendras tout mais, pour le moment, vas-y, tu as dit que tu avais faim, c'est pourquoi j'ai ajouté des courgettes et des asperges aux spaghettis, comme ça, ce n'est pas *moi* que tu dévoreras. »

Avec la faim accrue par la vision du plat, les spaghettis sont dévorés, et les yeux de Rachele s'embuent d'une gratitude muette et, ce faisant, clignotent dans sa mémoire Enrico qui lui a tenu la main dans la salle des profs, un miroir terni au cimetière, un pâtissier nain qui lui tend d'abord une pâte brûlante, puis la fait descendre dans un monte-charge hors d'âge jusqu'à la muraille romaine, une grosse mère abbesse qui prend un agneau dans ses bras et le dépose près de la robe blanche de la Sainte Vierge.

La fourchette enroule les spaghettis, enroule de nouveau, enroule encore et soulève mais, lorsqu'elle pose le regard sur son père, elle s'aperçoit que son assiette est vide. « Pourquoi tu ne manges pas ? Tu attends que Maman se réveille ?

— Non, laissons-la dormir, mais toi, si ces spaghettis sont à ton goût, prends-en encore.

— Et toi ?

— Plus tard… ça n'a pas d'importance… »

Maintenant, elle comprend que la peur qui étreint sa mère a gagné aussi son père, et qu'elle commence à s'insinuer en lui. Elle repose sa fourchette, repousse l'assiette et s'écrie d'une voix tremblante :

« S'il te plaît, Papa, dis-moi la vérité.

— La vérité ? soupire-t-il avec un sourire. La vérité ? Tu veux vraiment la connaître ? Cette fois, il s'agit d'une vérité un peu étrange.

— Pourquoi étrange ?

— Figure-toi que le médecin pense que, peut-être, mon cerveau a un peu grossi.

— Ton cerveau ? Pourquoi ?

— Peut-être parce que le monde est devenu trop compliqué, et que le cerveau a besoin de grossir pour le comprendre.

— Grossir ? De lui-même ?

— C'est ça. De lui-même.

— Une sorte de supplément, donc…

— Exactement, un supplément, tu as trouvé le mot.

— Et ça arrive aux autres pères ?

— Parfois. Pourquoi pas, je ne suis pas si spécial.

— Et qu'est-ce qu'on va faire avec ton supplément ? On va le laisser ? Et même, il a de la place ?

— Bonne question, s'il a de la place dans ma tête ou s'il faut l'enlever.

— Mais comment ça ? La tête n'est pas fermée ?

— Tout ce qui est fermé, on peut l'ouvrir.

— La tête aussi ?

— Aujourd'hui, on peut tout ouvrir.

— Et si on découvre que ton supplément est bon, on le laissera ?

— Non, même s'il est bon, on lui expliquera que le cerveau du père de Rachele est suffisamment bon pour comprendre le monde et donc : supplément bizarre, là, tu es superflu !

— Qui va dire ça ?

— Le médecin.

— Et après ?

— On l'enlèvera.

— Et après ?

— Suffit… assez… et maintenant, au lit. »

Cependant, Rachele craint que son père ne veuille la berner parce qu'il redoute de l'apeurer. Aussi elle n'en démord pas, pose l'assiette vide dans l'évier, la rince en murmurant comme pour elle-même : « Je sais ce qui t'arrive, c'est à cause des cigarettes que tu fumes à la chaîne, ta mère elle-même me l'a dit : "C'est pas la moto qui va tuer ton père, mais ses cigarettes."

— Mais la preuve : ce ne sont pas les cigarettes qui m'ont donné cette maladie. La preuve…

— Maladie ? s'écrie Rachele sous le choc. Le supplément, c'est une maladie ? Et pourtant, la preuve : j'ai vu dans ton tiroir un cendrier plein de mégots des cigarettes que tu as fumées et cachées.

— Ce sont juste des mégots d'avant, que je n'ai pas eu le temps de jeter, et que j'ai cachés parce que je ne voulais pas qu'on croie que j'avais fumé ces cigarettes en une seule journée.

— Pourquoi tu ne voulais pas ?

— Parce qu'il y a toujours quelqu'un pour te faire la remarque, même s'il n'a aucun droit de le faire. Au fait, il y avait là-dedans une cartouche neuve de cigarettes. Tu y as touché ?

— C'est quoi, une cartouche ?

— La vérité, Rachele, dis-moi uniquement la vérité. Parce que ta grand-mère t'a dit que les cigarettes me tueront, tu as décidé de la jeter ? La vérité, car tu sais bien que je sais arracher la vérité quoi qu'il advienne.

— Bon, c'est peut-être vrai, enfin, plus ou moins, j'ai essayé de la jeter dans la cour, mais il pleuvait, et je ne voulais pas que celui qui trouverait les cigarettes ne puisse pas les fumer, notre rabbin nous a appris l'interdit : "Ne pas gâcher".

— Qu'est-ce que c'est que ce "Ne pas gâcher" ?

— Ne pas détruire pour rien.

— Et qu'as-tu fait ?

— Je me suis contentée de les cacher pour le moment.

— Où ?

— Dans le canapé de ton bureau. Mais, s'il te plaît, ne fume plus.

— Non, je ne fumerai pas ces cigarettes, je vais les laisser dans le canapé. »

Il se lève et l'étreint de toutes ses forces, l'embrasse sur le front et lui dit : « Bon, ça suffit, et maintenant, au lit. Demain soir, nous partons pour la montagne, Paolo nous conduira dans la grosse voiture.

— C'est vrai que tu veux emporter ta moto à la montagne ?

— Pourquoi pas ? Après tout, Grand-Mère a assuré que ce n'est pas la moto qui me tuerait. Pas vrai ?

— Oui.

— Comme ça, si nous avons du beau temps, je gravirai la montagne sur ma moto pour trouver un petit village où ma mère m'a mis au monde pendant la guerre.

— Tu connais cet endroit ?

— Je le trouverai. »

Il l'accompagne dans sa chambre, étend sur elle la couette et, s'apercevant que ses pieds dépassent sous la couverture, il retire d'un tiroir une paire d'épaisses chaussettes en laine et, avant de les lui enfiler, les porte à ses lèvres et y dépose un léger baiser. « Il va faire froid cette nuit, dit-il, et des pieds chauds conservent la température du corps, même si la couverture tombe pendant le sommeil.

— Et le supplément ?

— Le supplément ? s'embrouille-t-il. Quoi ? Qu'est-ce qu'il a ?

— Et si on le gelait à la montagne, là où tu es né ? »

Il éclate de rire en entendant cette invite à ruser avec la menace fichée dans sa tête.

« Peut-être, on verra… »

Au bout d'une longue journée épuisante, le sommeil se hâte de la submerger, mais, petit à petit, pointe et surgit le Duomo, sauf que les tableaux, les vitraux, les statues et les ornements en ont disparu et, dans la vaste nef sous laquelle la muraille romaine est imbriquée dans les murs, ne reste que l'autel, et Marta la dodue se tient dans une robe immaculée avec, en main, une coupe d'or, et, dans son rêve aussi, la douleur la transperce qu'à une fillette juive qui, finalement, émigrera en Israël, il soit permis de chanter dans une église, et même d'être un petit peu la Sainte Vierge, douleur si cuisante que de la coupe scintillante dans l'obscurité s'élève une fumée comme si le vin qu'elle contient brûlait, et l'odeur de la fumée ne fait que s'épaissir au point de la réveiller, et elle se redresse, affolée, sur son lit. La tempête de neige s'est calmée, et le clocher de l'église proche de leur maison s'est coiffé d'une calotte blanche. Et au cœur du silence retombé sur le monde, seule la voix de son père résonne, ravagée et tourmentée, tout en tirant sur sa cigarette, mi-suppliant, mi-vociférant, qui tente de soutirer à sa mère ce que le médecin lui a dit – le directeur de l'hôpital, son ancien amant.

Rachele se recouche et se couvre la tête avec la couverture pour échapper à la fumée planant dans l'appartement. Dommage que je n'aie pas jeté toutes ses cigarettes sous la pluie, se désole-t-elle au moment où le sommeil la gagne et embrume sa conscience.

7.

Premier jour de vacances de fin d'année, et bien que Rachele ait l'autorisation de l'agrémenter par un sommeil illimité, on se hâte de la réveiller. Demain, à la montagne, elle pourra dormir tout son soûl mais, ce matin, il faut boucler les bagages afin de ne pas arriver en retard au déjeuner chez ses grands-parents maternels car, dans l'après-midi, Grand-Père devra rejoindre l'église pour la messe de minuit.

« Et Papa viendra lui aussi ?

— Oui, Grand-Père a prévu un cadeau spécial qui va l'aider.

— Qui va l'aider à quoi ? Pour la maladie ?

— Ne prononce en aucun cas ce mot de maladie ! Pour le moment, ce ne sont que des idées en l'air…

— D'accord, juste des idées en l'air… Mais où il se trouve maintenant ?

— Au garage, il prépare avec Paolo la remorque pour transporter la moto.

— Qu'est-ce qu'il y a à préparer ? C'est pas la première fois qu'on l'utilise.

— C'est vrai, mais Paolo ne se contente plus des clignotants, il veut ajouter des feux de stop, et puis, ça suffit avec tes questions incessantes, on n'a pas le temps, tu dois te lever, et pourquoi t'es-tu couchée avec tes chaussettes ?

— C'est Papa qui me les a mises, il croit que des pieds chauds gardent la température du corps.

— Erreur. Au contraire, la nuit, les pieds doivent respirer librement après toute une journée de marche. »

De son côté, Rachele étire ses longues jambes et pédale dans l'air sur un vélo imaginaire. « Voilà, comme ça, je les aère avant la montagne. »

Au début, il semble que trois valises suffiraient, mais la crainte du froid et de la neige, et l'attente des fêtes et surtout du réveillon du Nouvel An, nécessitent une quatrième valise. Au fait, pourquoi se l'interdire ? Le véhicule de Paolo est spacieux, et les domestiques déploient leur zèle à s'affairer et porter les bagages. Aussi, vers midi, alors que les cieux s'éclaircissent mais que la température chute, quatre valises sont-elles alignées dans le couloir, tandis qu'un taxi attend d'emmener la fille et petite-fille au déjeuner de fête de Grand-Père et Grand-Mère, dont la demeure est située dans la vieille ville, non loin de la gare, dans un immeuble construit au lendemain de la guerre pour y loger des cheminots.

Comme la maison n'est pas grande, un ordre méticuleux y règne. Au rez-de-chaussée, une pièce à vivre, disposant d'une porte donnant sur un jardinet et, au premier étage, une chambre à coucher ainsi qu'une chambrette mitoyenne. Lorsque les parents se rendent à des réceptions en ville, et surtout lorsqu'ils prolongent leur séjour pendant une nuit ou deux, Rachele préfère dormir dans cette petite demeure, et non dans l'appartement somptueux de grand-père Roberto. Or l'exiguïté de la chambre provoque en elle un peu de frayeur, Grand-Père libère donc sa place dans le grand lit conjugal, ôte le crucifix du mur et le suspend au-dessus du lit de la chambrette, tandis que Rachele dort dans le lit gigantesque, à côté de Grand-Mère. Elle aime cette grand-mère, athée endurcie qui, malgré cela, prend garde d'ébranler la foi juive de son unique petite-fille. « Comment se fait-il que tu t'en fiches, Grand-Mère, la titille souvent Rachele, que ta fille soit passée de chrétienne à juive ?

— Comme, pendant la grande guerre, explique la grand-mère, les juifs ont perdu tellement des leurs, il fallait bien les dédommager et leur transférer quelques Italiens en cadeau.

— Mais ce n'est pas un simple cadeau, chicane Rachele, ce sont des Italiens qui changent leur Dieu.

— Dieu n'existe pas, rétorque Grand-Mère, ni pour les uns, ni pour les autres, et il n'y a rien à changer. En fait, rien ne change, et, en fin de compte, tous restent uniquement des êtres humains.

— Dans ce cas, objecte Rachele, pourquoi toi, qui ne crois pas en Dieu, à Noël, tu vas tout de même à l'église ?

— Ce n'est pas à cause de je ne sais quel Dieu, mais pour les chants et la musique, réplique la grand-mère, et c'est pourquoi je ne m'agenouille pas et que je n'ouvre aucun missel, je me contente de m'asseoir comme au théâtre, pour montrer que, pour moi, la liturgie n'est qu'un spectacle. »

Rachele se love maintenant contre sa grand-mère et l'informe que, pendant son petit déjeuner, elle a préféré se retenir afin de garder de l'appétit pour le déjeuner. « J'adore ta cuisine, et, à la fin de mes études, nous ouvrirons toutes les deux un restaurant. »

Et bien que la famille Luzzatto ne respecte pas la *cachrout*, grand-mère Paola redoute toutefois de les mettre en défaut par rapport à quelque mystérieux précepte, aussi invente-t-elle des mets qui contournent les ornières qu'ont creusées les rabbins au fil des générations. Avec les années, elle s'est spécialisée dans des plats de poisson, de pâtes de toutes les couleurs, de soupes chaudes ou froides, de salades riches et de desserts somptueux – une corne d'abondance de plats extraits du four, ou mitonnés sur le feu, ou encore tirés du réfrigérateur, avec une synchronisation parfaite, tels les trains au départ depuis la gare voisine.

Le père téléphone pour annoncer qu'il tardera et demande que l'on commence le repas sans lui. Son absence permet de donner aux grands-parents une idée plus fouillée de l'état de santé de leur gendre. Effrayés par la description sinistre qu'en fait leur fille, ils se réjouissent d'abonder avec un sourire à la remarque de leur petite-fille que, peut-être, il s'agit d'une sorte de supplément au cerveau ou de son extension, afin de permettre à son père de mieux comprendre la réalité changeante. Et comme ils font semblant d'être rassurés par la trouvaille géniale de leur petite-fille, ils notent dans l'agenda de la nouvelle année la date de sa *bat-mitsva* et s'enquièrent des détails de la cérémonie à la synagogue, et surtout de savoir si tous deux auront le droit de s'asseoir au milieu des fidèles juifs.

« Si tu mets une petite calotte sur la tête, Grand-Père, personne ne te fera sortir, dit Rachele, mais monter à la Torah et réciter les bénédictions, ça, ce sera impossible. Et Grand-Mère ne pourra pas s'asseoir à côté de toi, elle devra monter au balcon avec les autres femmes.

— Et que feras-tu pendant ta fête ? Quel est ton rôle ?

— Je dois réciter en hébreu, par cœur, une prière que le rabbin nous apprend.

— Une prière que nous, nous ne comprendrons pas.

— Eh bien, si vous le voulez, je vais vous chanter le début en hébreu, que je connais déjà par cœur et, tout de suite après, je la traduirai en italien. »

Rachele se place près de la fenêtre et commence à psalmodier :

« C'est à nous d'exalter le Maître de tout, de magnifier l'auteur de la Création, qui ne nous a pas faits semblables aux peuples de la Terre, et ne nous a pas façonnés comme les familles de la planète. Qui n'a pas établi notre héritage parmi eux ni forgé notre destin comme celui de leurs multitudes. Car eux se prosternent devant la chimère et le néant, et implorent un dieu incapable de les secourir. Alors que nous, nous nous courbons et nous nous prosternons devant le Roi des rois… »

Grand-Père applaudit et dit : « Ça m'a l'air puissant et convaincant, peut-être parce que je ne comprends rien. Cependant, quelle est l'idée essentielle de cette prière ? » Rachele commence à traduire, bredouille et s'interrompt.

Mais il suffit à Grand-Père des premiers mots pour comprendre l'esprit de la prière et sa visée, mais il ne s'en irrite pas et même s'en amuse. « Dans ce cas, voilà une prière contre nous, contre les chrétiens, vraiment une prière convenant à ta cérémonie, encore heureux qu'elle soit prononcée en hébreu et non en italien, sinon, certains invités pourraient en être heurtés.

— Non, non, Grand-Père, s'écrie Rachele rouge de confusion, c'est pas contre vous, pas contre les catholiques, c'est juste contre les idolâtres, et vous, vous n'êtes pas des idolâtres.

— Bien au contraire, s'esclaffe Grand-Mère, les yeux brillants, les catholiques sont des idolâtres, tu n'as qu'à voir combien de statues ils ont dans les églises. Mais c'est pas grave, ma chérie, ta prière me plaît beaucoup, une prière courageuse, n'aie pas peur de la chanter. »

Le père arrive, épuisé, yeux cernés. Il s'avère que le montage des feux de stop sur la remorque était impossible, et comme Paolo s'obstinait à ce que la remorque ne cache pas les feux de stop de la voiture, ils ont démonté un feu de stop de la voiture et l'ont fixé sur le haut de la vitre arrière afin que le conducteur derrière eux puisse éviter chaque saute d'humeur de leur attelage. Sauf qu'il faut que quelqu'un s'installe à côté de la lampe pour veiller à ce qu'elle ne bouge pas pendant le trajet.

Grand-Mère s'empresse d'étaler devant le père tous ses plats, mais lui en ignore la plupart, se concentre uniquement sur les spaghettis avec une sorte d'avidité, en entasse de plus en plus dans son assiette. « Pourquoi n'as-tu pas appris à ta fille à cuisiner comme toi ?

— Je lui ai appris, mais comme vous mangez le plus souvent au restaurant, elle a oublié ce dont elle pouvait se souvenir. »

La journée est courte, et long le chemin, et Grand-Père s'est engagé à aider aux décorations de l'église, aussi, l'heure des cadeaux est-elle arrivée. Le père déchire l'emballage et découvre une carte plastifiée multicolore des Alpes italiennes. Une carte rigide, pliable mais infroissable, et imperméable. Cette carte routière indique chemins de terre, sentiers, pistes de ski, et porte même les noms de hameaux et d'auberges isolés. Ce cadeau émeut le père, qui étreint son beau-père. « Magnifique, Ernesto, splendide, tu ne pouvais pas me trouver un cadeau plus utile, ces jours-ci ! »

La collection de figurines de la mère se voit enrichie par le cadeau de ses parents sous la forme de la statuette en bronze d'un éphèbe romain sculptural, laquelle, bien qu'elle ne soit pas antique, pourra s'intégrer à merveille aux figurines alignées dans la vitrine du buffet. Rachele, elle, a droit non pas à un cadeau mais à deux. Le premier est arrivé le matin même directement du marché : une cage dorée dans laquelle piaille un petit perroquet flamboyant, qui attendra leur retour chez Grand-Père et Grand-Mère. Il faudra trouver quelqu'un pour expliquer comment s'en occuper, et vérifier si un tel perroquet est capable de parler dans les deux langues. Tandis que le second cadeau est celui de Grand-Mère qui a déniché pour elle *Cuore* dans une édition ancienne, datant de l'entre-deux-guerres. Un grand format à la reliure soignée, illustrée de gravures, et dont les pages épaisses pourront, au besoin, absorber ses larmes.

Rachele est excitée et confuse. Elle étreint et embrasse Grand-Père, ensuite se suspend avec émotion au cou de Grand-Mère et lui couvre le visage de baisers. « Tu es une vraie grand-mère, s'écrie Rachele d'une voix tremblante, tu es honnête et courageuse. »

8.

Avec les premiers lambeaux du crépuscule voilant la lumière du jour, la voiture de Paolo les attend au pied de leur demeure, et sur la remorque est amarrée la moto protégée par une bâche spécialement confectionnée à ses dimensions. Le véhicule est un ancien Land Rover, spacieux et lourd, avec lequel de jeunes Britanniques avaient navigué en long et en large, dans les années quatre-vingt, en France et en Italie, mais, à un moment du voyage, une querelle si orageuse avait éclaté entre eux qu'ils avaient dû mettre fin à leur amitié et vendre le véhicule. À cette époque Paolo, propriétaire d'un luxueux bateau, songeait à troquer ses affaires aquatiques contre des activités sur la terre ferme et cherchait une voiture qui fût à la fois robuste et d'un prix modique. Même si le tout-terrain anglais ne disposait pas de nombreux amortisseurs, il sauta sur l'occasion, mit en location son bateau et acheta le véhicule contre une somme dérisoire. Il le repeignit et commença à le transformer graduellement. Après l'enregistrement minéralogique et l'assurance, il transféra la direction de droite à gauche. Sauf que, par paresse, il négligea de déplacer les compteurs de vitesse, de pression d'huile et de température de refroidissement, qui restèrent à leur place originelle, de sorte que, parfois, afin que le passager assis à son côté s'enorgueillît de son rôle de copilote, Paolo lui demandait de l'informer des chiffres affichés sous ses yeux, de vérifier si la voiture ne roulait pas trop vite ou n'avait pas de ratés du moteur.

La solidité et le volume du tout-terrain britannique permettaient à son propriétaire italien de convoyer des clients dans les Alpes de même que des clients privilégiés en ville. Malgré sa taille et son confort spartiate, Grand-Mère, la mère de Ricardo, le préférait à un taxi normal, non seulement parce qu'une femme âgée n'avait pas précisément besoin d'un véhicule rapide et souple, mais que cette voiture massive avait le mérite de lui permettre d'y monter et d'en descendre sans avoir à se courber, et surtout parce que Paolo était disposé à se plier à ses quatre volontés et la comprenait au quart de tour.

Les quatre valises descendent l'une après l'autre, tandis que le casque de moto tangue au milieu d'elles. Et comme le feu stop, démonté et placé sur la vitre arrière nécessite d'être surveillé, le père et la mère sont installés sur la banquette arrière afin de veiller à ce qu'il ne se déboîte pas de son nouvel emplacement.

Tandis que Rachele se juche sur le siège avant, le conducteur boucle de ses propres mains la ceinture tout en veillant à ce qu'elle soit efficace mais non gênante.

Paolo connaît Rachele depuis son enfance, à la fois grâce à leurs trajets d'hiver et d'été, ou encore parce que sa grand-mère l'envoie lui amener sa petite-fille, juste sur un coup de tête et pas seulement quand ses parents s'absentent pour de longues vacances. Pour la grand-mère aussi, Rachele est l'unique petite-fille chérie.

Veille de Noël, peu de camions circulent, de même que les autobus sont rares, et, le long du trajet, les préparatifs de la fête sont manifestes. De nombreuses maisons et boutiques exposent des sapins décorés et scintillants et, dans les églises, ce soir, étincellent *a giorno* des croix jusque-là plongées dans la pénombre. Paulo s'intéresse aux cadeaux que sa jeune passagère a reçus de ses grands-parents. « Ne dis pas catholiques au pluriel, tient à préciser Rachele, parce que seul Grand-Père croit en Jésus, Grand-Mère, elle, y a renoncé.

— Mais même sans la foi, remarque Paolo avec un sourire, ta grand-mère est tout de même obligée de donner un cadeau à sa petite-fille, le jour de la Nativité, n'est-ce pas ?

— C'est vrai, confirme Rachele, et pas seulement un mais deux cadeaux, un perroquet à la queue verdâtre, qui connaît quelques mots d'italien, et je vais essayer de lui apprendre l'hébreu comme seconde langue, et aussi, un vieux livre de contes toujours important.

— Comment ça, important ?

— Parce que c'est *Cuore* qui, même s'il a été écrit pour des jeunes gens, peut aider les adultes à en tirer quelques leçons d'humanité.

— *Cuore*, s'étonne Paolo. C'est le titre ? »

Impossible que Paolo ne connaisse pas cette œuvre célèbre, lue dans toutes les écoles d'Italie.

« J'ai l'impression que tu as simplement oublié le titre. » Mais Paolo n'est pas responsable de son ignorance ; dans son enfance, à cause de sa jolie voix, son père le dispensait des cours, afin que son chant agrémente les oreilles des passagers du bateau avec lequel il organisait des excursions touristiques. C'est la raison pour laquelle il a à peine étudié. « Enfant, tu chantais sur la vedette pour touristes ? dit Rachele, le regard brillant. Tu ne me l'as jamais raconté.

— Parce que tu ne m'as jamais interrogé sur mon enfance. Non seulement je n'ai pas lu ton *Cuore*, mais bien d'autres bouquins aussi. J'étais occupé par beaucoup d'autres choses. Regarde comme ton père s'est déjà assoupi, et bientôt, ça va être le tour de ta mère. Les examens médicaux d'hier les ont tellement abattus qu'ils craignent de jeter un œil au paysage. Mais toi, ma douce, vas-y, tourne la tête et regarde comme cette plaine illuminée est belle.

— Où vas-tu dormir cette nuit, Paolo ? Avec nous à l'hôtel ou dans un autre hôtel ?

— Ton père souhaitait que je loge avec vous dans le même hôtel, mais je ne voulais pas lui augmenter ses frais et, de toute façon, demain matin, je serai déjà sur le chemin du retour. Aussi nous avons trouvé un endroit bon marché, mais proche de l'église.

— L'église ? Pourquoi ? Toi aussi tu vas te rendre à la messe de minuit ?

— Peut-être, à condition qu'avant la messe je dégote un bon repas, parce que, avec le ventre vide, j'aurai du mal à croire qu'un bébé divin soit né justement dans une étable. »

La route s'incurve dans la montée vers les Alpes et, avec les premières collines s'élevant sur la droite, la plaine disparaît. « Si tu désires t'assoupir comme tes parents, je peux baisser ton siège et te donner une couverture. » Mais Rachele désire en savoir davantage sur l'enfance de Paolo et si son père l'a vraiment dispensé des cours uniquement pour qu'il agrémente par son chant les balades des touristes. « C'est vrai, et je connaissais aussi des chansons folkloriques, j'étais recherché.

— Mais comment se fait-il que nous, qui te connaissons depuis de nombreuses années, nous n'avons jamais su qu'on t'avait libéré de l'école pour que tu chantes ?

— Parce que vous ne vous êtes jamais intéressés à moi, vous ne m'avez posé aucune question sur mon enfance et presque rien sur ma vie d'aujourd'hui. On m'a rapporté que tu es une élève studieuse, mais ne dédaigne pas les enfants qui n'ont presque rien appris. Même sans études régulières, je suis non seulement chauffeur, mais aussi guide agréé, et je connais des routes et des sentiers en Italie dont même ton père, qui aime tant les randonnées, n'a jamais entendu parler. Tiens, par exemple, cette route vers la montagne, tu l'as empruntée des tas de fois depuis ton enfance, en hiver et en été, de jour et de nuit, et pourtant je suis certain que tu n'as aucune idée, et pas seulement à cause de la nuit, de l'endroit où nous nous trouvons en ce moment, ni du nom de la bourgade que nous allons bientôt croiser.

— Qui te dit que je ne sais pas ? proteste Rachele qui tente de deviner le nom.

— Tu te trompes. Il nous faut encore une bonne demi-heure avant d'y arriver mais maintenant, dans dix minutes, près de quelle ville nous allons passer ? Tu sais ou tu sais pas ? »

Rachele se trompe de nouveau. « D'où tu tires ça ? s'esclaffe Paolo, ce n'est pas du tout sur notre route. Tu vois, tu es passée par cette route un millier de fois, et on dit même que tu es une élève intelligente, et pourtant tu ne connais pas le nom de la ville dont on approche. »

Cette fois, Rachele parvient à donner la bonne réponse.

« Maintenant, tu tapes enfin dans le mille. Ce sont ces lumières que l'on voit à l'horizon. »

Mis au défi par le livre célèbre dont il n'a jamais entendu parler, le conducteur continue d'assaillir Rachele de questions sur les lieux qu'ils croisent, ou croiseront bientôt, dans l'obscurité. Et comme Rachele échoue dans ce questionnaire routier, elle tente de faire comprendre au conducteur qu'elle n'a nul besoin de connaître les noms des villes et des villages d'Italie car il est tout à fait possible qu'elle, à l'instar de son amie Marta, habite à l'avenir en Israël. Mais Paolo n'est pas disposé à rendre les armes. « L'Italie est ta patrie, que tu le veuilles ou non, et l'italien est ta langue maternelle, et tu as eu le privilège de naître dans un pays qui attire le monde entier, c'est pourquoi tu dois préserver l'Italie en toi-même, même si tu la quittes un jour. Et ce trésor, ce ne sont pas des titres de vieux bouquins, mais aussi des noms de villages, de montagnes et de lacs. »

Le froid se fait plus vif, des flocons de neige voltigent devant eux et, sous l'éclairage des phares, ils ressemblent à une pluie d'étoiles. Ils illuminent le beau visage du conducteur, si pétri d'un ardent amour pour son pays. Rachele examine les chiffres luminescents sur les trois compteurs britanniques sous ses yeux et demande au conducteur s'il souhaite savoir ce que disent les compteurs. Il éclate de rire : « Mon Dieu, ma mignonne, je sens très bien ce qu'ils disent sans les regarder, mais si tu veux m'informer, je pourrai vérifier si ce que je sens est exact. »

De sa voix tendre mais cristalline, la fillette transmet les trois données. Et Paolo de lâcher : « Moi aussi, je sens que le froid augmente », et il se gare sur le bas-côté et rapporte du coffre deux épaisses couvertures en laine. Avec la première, il enveloppe l'enfant aux yeux étincelants, et la seconde, il l'étend sur les parents, serrés l'un contre l'autre pendant leur sommeil.

Et ce n'est que lorsque la neige tournoyante commence à crisser sous les roues de la voiture qu'ils se détachent l'un de l'autre, et Ricardo, capable de repérer chaque détail sur la route de montagne, s'exclame : « Incroyable, Paolo, tu es vraiment un conducteur exceptionnel si tu as réussi à nous faire glisser, aussi calmement et en sécurité, tout droit jusqu'à l'hôtel.

— Avec mon aide, jubile Rachele, parce que, moi, je ne me suis pas endormie comme vous, et pendant tout le trajet, j'ai discuté avec Paolo et j'ai veillé à ce qu'il ne s'assoupisse pas. »

Il n'est pas loin de minuit, et à l'hôtel on attend l'arrivée des clients. Et comme le dîner est déjà terminé, des plateaux chargés de nourriture ont été déposés dans les deux chambres. Paolo apporte la valise de Rachele dans sa chambre et soulève le couvercle de son plateau. « Parfait, cette nuit, tu n'iras pas au lit le ventre vide.

— Et toi ? s'écrie la fillette. Que vas-tu faire ? Comment vas-tu trouver un repas pour que tu ne sois pas affamé pendant la messe de minuit ? S'il te plaît, Paolo, prends mon repas, ce midi, ma grand-mère m'a bourrée de mets italiens délicieux dont je veux garder le goût dans mon sommeil. »

9.

Pendant la nuit, la tempête de neige se déchaîne et, au matin, les clients sont avertis de ne pas skier avec une visibilité aussi limitée. Mais, vers onze heures du matin, les cieux se dégagent, et le père dit : « Il ne nous reste que sept jours avant le Jour de l'An, et qui sait ce que le ciel nous réserve d'ici-là. Aussi, s'il y a une éclaircie, même brève, on ne peut pas la gâcher. Sans compter qu'après m'avoir ôté le supplément de mon cerveau, il se peut que disparaisse avec lui mon art de la glisse… »

Le nom de « supplément » donné par sa fille à la tumeur au cerveau plaît à Ricardo, et il en joue non seulement en présence de sa fille et de sa femme, mais encore, en ce moment, en compagnie d'amis, qui se joignent, à son incitation, pour profiter de l'accalmie et monter sur le télésiège jusqu'à la première station et dévaler à ski jusqu'à l'hôtel. La mère ne skie plus, mais Rachele, qui pratique depuis l'âge de sept ans, accompagne son père. Puisque le ski des juifs représente un hommage à la naissance du Divin Enfant en Terre sainte, pourquoi ne rejoindrait-elle pas, elle aussi, les skieurs ? Et la voilà qui surprend toute la compagnie avec des skis rouges à l'épaule, un cache-col rouge, un casque rouge, des chaussures rouges et un coupe-vent non moins rouge, et même la monture de son masque de ski est rouge. « C'est quoi, cet attirail ? s'étonne son père. Tu as décidé de te déguiser en Petit Chaperon rouge ?

— C'est pas moi qui ai choisi tout ce rouge. C'est ma grand-mère, pour que tu ne réussisses pas à me perdre dans la montagne.

— Je serais capable de te perdre ? grince-t-il. Pourquoi ma mère s'obstine-t-elle à effrayer toujours les gens ? »

Le remonte-pente se remplit de skieurs. Du côté opposé arrivent des télésièges vides ferraillants, qui ont transporté les lève-tôt courageux que la tempête n'a pas dissuadés. Quelques skieurs présents sur le télésiège, des connaissances de Ricardo Luzzatto, s'intéressent à sa fille écarlate. D'où lui viennent de telles boucles ? « Elle les a trouvées elle-même, pouffe le père, et jusqu'à ce jour on ne sait où. Lorsqu'elle est née, sa mère a dit qu'il y avait maldonne, que ce n'était pas sa fille, il n'y avait pas de boucles semblables dans toute notre famille, mais je n'étais pas d'accord avec ma femme. Certes, il n'y a pas de telles boucles dans la famille Luzzatto, mais sa bouche est la copie conforme de la mienne, la bouche d'un avocat persuadant les juges de son bon droit. »

Rachele baisse la tête de dépit. Elle ne veut pas devenir avocate, elle veut être juge siégeant en silence et dont tout le monde redoute les sentences. En outre, pour quoi faire, un tribunal ? Elle travaillera peut-être dans un zoo. Elle rabat sa cagoule en laine, afin de cacher ses boucles, lève les yeux au ciel pour vérifier si l'azur ne s'efface pas, et découvre qu'un puissant soleil hivernal dore sa pureté.

Dans la station, tous se hâtent de boucler leurs skis, avec l'intention d'ajouter au moins une descente à leur palmarès. Le père contrôle les fixations des skis de sa fille : « Je vais skier sur la piste noire et toi, comme d'habitude, sur la bleue, puis on se retrouve au buffet au départ des remonte-pentes, et si cette éclaircie se maintient, on fera un autre parcours. » Rachele lui prend la main : « Mais tu es malade, peut-être que tu ne devrais pas skier sur le parcours le plus abrupt, mais sur le bleu ?

— Non, proteste-t-il, ça n'a aucun rapport avec la maladie. » Il se dirige vers la file de droite, fiche ses bâtons dans la neige et disparaît.

Rachele gagne la piste bleue, parcours modéré et facile, aux courbes commodes, à côté d'elle glissent des adultes âgés ou des adolescents et adolescentes guidés par des moniteurs. Devant elle dévale un jeune homme sans casque aux mèches pâles. Brièvement, Rachele a l'impression que c'est Enrico, le garçon envoyé par la directrice pour l'amener dans son bureau, et elle accélère pour le voir, mais il s'agit d'un autre adolescent qui, lui aussi, accélère pour que cette fillette ne le dépasse pas.

Le père déguste un cappuccino au buffet des remonte-pentes. « C'était magnifique, dit-il, ton supplément ne fait qu'aiguiser le plaisir.

— Mon supplément ? s'étonne Rachele, comment ça, le mien ?

— Je blague, je blague, sourit son père, parce que c'est toi qui as inventé ce mot. Non, ma chérie, ne fais pas cette mine sinistre d'une enfant qui ne comprend pas les plaisanteries.

— C'est pas une plaisanterie, grommelle Rachele, ce n'est vraiment pas une blague.

— Tu as raison, ce n'est pas une blague. Allez, je vais t'acheter quelque chose à manger.

— Non, répond-elle, juste un chocolat chaud.

— Très bien, un chocolat viennois va te donner de l'énergie pour un nouveau parcours, parce qu'on n'a vraiment pas le droit de gâcher ce ciel magnifique. »

Rachele avale rapidement sa boisson chaude, puis accompagne son père au télésiège montant. Le soleil de midi s'est fixé sur le sommet de la montagne. À en juger par la splendeur des cieux, disent les skieurs, on ne se croirait pas à Noël, mais à Pâques. Ricardo aussi frétille. « Jésus accepte avec joie et gratitude le ski des juifs en son honneur », chuchote-t-il à l'oreille d'un ami. Sous l'auvent, Ricardo regarde vers le haut du câble. Cet endroit accessible seulement par ce téléski.

« Écoute-moi, Rachele, le ciel est si généreux aujourd'hui que je ressens le besoin de descendre de tout là-haut. Je l'ai déjà fait à de nombreuses reprises, et qui sait si j'aurai une nouvelle occasion ? Dans ces conditions, toi, va prendre la piste bleue et on se retrouve en bas, et peut-être que tu vas me retrouver à t'attendre, cette fois encore, parce que la piste du haut est une piste diabolique, la plus rapide de toutes.

— Ne monte pas là-haut, l'implore-t-elle, tu es tout de même malade, et cette piste est vraiment raide. Quand tu seras guéri, tu pourras monter jusqu'au ciel et de là, tu glisseras jusqu'à terre, mais pas aujourd'hui. Maman va se mettre en colère si elle apprend que je t'ai laissé faire.

— Maman ne s'en soucie guère. Elle me fait confiance.

— Peut-être ma mère, mais pas la tienne, non, Grand-Mère… elle va être furieuse contre moi si elle apprend que je ne t'ai pas empêché.

— Si tu ne lui racontes pas, elle ne se mettra pas en colère. Mais pourquoi t'affoles-tu ? C'est une piste sûre, et c'est l'occasion ou jamais, dans une demi-heure, le ciel ne sera plus aussi dégagé.

— Dans ce cas, je t'attends ici.

— Pour quoi faire ?

— Pour que tu ne t'excites pas trop avec cette piste abrupte. Arrête-toi ici, et on continuera comme avant, toi, sur la piste noire, et moi sur la bleue.

— Là, tu fais ta tête de mule. D'accord, on verra. On verra si je peux m'arrêter ici, ne m'attends pas trop longtemps. »

Et avant d'avoir achevé sa phrase, il agrippe la chaîne et s'assoit sur un banc du téléski avançant lentement et il disparaît peu à peu dans la montée vers le sommet du mont enneigé.

Rachele s'abrite sous l'auvent, ôte son casque, détache ses skis et croise les bras sur sa poitrine. Une nacelle arrive et se vide de skieurs réjouis, et elle découvre parmi eux le sosie d'Enrico, le jeune homme aux cheveux d'or. Cette fois encore, il ne porte pas de casque et, voyant qu'il s'apprête à dévaler la piste bleue, elle éprouve l'envie de le suivre. Pourquoi attendre son père ?, pris par l'ivresse de la glisse, il serait bien capable d'oublier sa promesse… Mais, tout de même, s'il s'arrêtait ici ? Que penserait-il ? Qu'elle ne se souciait pas du tout de lui.

Le froid se durcit. Le ciel s'assombrit. Dehors, quelques rafales de grêle. La foule devient plus clairsemée. Rachele se pelotonne, abaisse sur son visage le passe-montagne rouge en laine. Comment s'est déroulée hier la représentation scolaire dans l'église ? Des gens sont-ils venus à part les enseignants ? Une nacelle arrive à moitié vide. À cause de l'heure proche du déjeuner ou de la météo ? Ses yeux se ferment. Au lieu de se blottir sous une chaude couverture dans une chambre chauffée, elle reste seule à attendre là un père qui, on dirait, l'a oubliée.

Cinq minutes, dix, quinze. De moins en moins de gens. La grêle redouble. Une nacelle monte vide et redescend vide. Maintenant, la frayeur la saisit, et elle coiffe son casque, épaule ses skis, regarde la navette des bancs vides, et alors, avec la douleur de l'inquiétude qui l'empoigne, elle agrippe la chaîne métallique d'un banc à l'approche, saute dedans et s'installe, jambes pendantes dans le vide, et s'envole déjà au cœur du brouillard.

Elle est seule sur le carrousel des bancs, nul ne monte ou ne descend. Lorsqu'elle parvient au sommet, elle rate l'occasion de sauter du banc qui poursuit son ascension et, sans l'aide d'un technicien ventripotent qui la tire et l'étreint, elle aurait déjà été acheminée en sens inverse. « Comment es-tu arrivée là ? La piste est fermée.

— Je ne suis pas venu pour skier mais pour chercher mon père, monsieur Luzzatto, qui est monté jusqu'ici. Vous vous en souvenez ?

— Mais qui va se soucier de se rappeler ton père ici ? Si on se tracassait de se souvenir de tous ceux qui arrivent à la station et disparaissent aussitôt dans la pente, bougonne le technicien, il ne nous resterait aucune place dans la mémoire, même pas pour une dame en rouge comme toi. »

Mais Rachele s'obstine à regarder au moins l'endroit d'où part la piste de ski. Alors, le technicien la fait monter sur une échelle jusqu'à une petite plateforme en bois et, de là, se découvre une piste jalonnée de fanions rouges, serpentant vers le fond de la vallée, entre des bosquets et des arbres, tour à tour disparaissant et apparaissant jusqu'à déboucher, semble-t-il, sur un grand bâtiment blanc au lointain qui, à en juger par la fumée sortant de trois cheminées, devrait être leur hôtel. « Voyez, monsieur, dit-elle au technicien qui apprécie de discuter avec elle, ça n'a pas l'air d'une piste particulièrement effrayante, et elle a l'air d'aboutir à notre hôtel, et puisque je suis montée jusqu'ici, pourquoi je ne la descendrais pas, après tout, je sais skier depuis mes sept ans. » Elle dépose ses skis à ses pieds, mais le technicien se précipite pour les lui prendre.

« On ne skie pas à partir d'ici, ni ton père, ni ta mère, et même pas ton grand-père et ta grand-mère. »

Il introduit deux doigts dans sa bouche et émet un sifflement de voyou, et de la cabane de la station émerge un jeune barbu en salopette kaki. « Viens voir qui j'ai trouvé ici. Le Petit Chaperon rouge est venu chercher son père et, maintenant, elle veut descendre à ski pour le rejoindre.

— Skier ? Maintenant ? Avec ce vent ? Elle a perdu la boule. En route ! On va la transporter jusqu'à son père. » Et le technicien âgé l'aide à descendre de la petite plate-forme en bois, puis la conduit à une chenillette, la fait monter et l'installe sur le siège arrière. Le jeune barbu, qui a fermé entre-temps la station, s'assoit au volant mais, avant de démarrer, il la questionne : « Tout de même, comment t'appelles-tu, comme ça, si on nous interroge, on saura au moins qui tu es ?

— Rachele », répond-elle avec fierté.

La chenillette démarre et commence à labourer la pente, et le conducteur barbu, par défi, chante à tue-tête. La fillette agrippe à deux mains son passe-montagne pour qu'il ne s'envole pas dans le vent. « Sache, *signorina*, lui hurle l'aîné à l'oreille en se tournant de son côté, que notre conducteur est aussi choriste. Es-tu allée hier à la messe de minuit ?

— Je ne vais pas à la messe car je suis juive », hurle Rachele dans le vent.

Ils la mènent devant l'hôtel et attendent qu'elle s'engouffre à l'intérieur. Elle dépose ses skis et traverse la terrasse bondée de clients attendant l'ouverture de la salle à manger. Ses yeux repèrent sa mère assise dans un coin à papoter avec ses amies. « Où se trouve Papa ? l'interroge-t-elle.

— Au bar », répond la mère.

Elle rejoint son père en train de boire avec ses amis et l'interpelle : « Bonjour, Judas l'Iscariote ! » Et, sans attendre sa réponse, elle pénètre dans la cuisine et demande qu'on fasse monter son déjeuner dans sa chambre.

Là, elle se dépouille de ses accessoires et de ses vêtements, prend une douche chaude, et elle a juste le temps de recevoir le serveur, en peignoir de bain. Le repas est savoureux, dont elle ne laisse pas la moindre miette sur le plateau. Et ce n'est que lorsqu'elle se glisse sous la couverture que son père, furieux, toque à la porte : « Comment ça, tu m'as appelé Judas l'Iscariote ?

— Parce que je t'ai attendu, que tu n'es pas venu, et que vous vous en fichez de là où je me trouve.

— Mais je t'ai dit de ne pas m'attendre. Comment je pouvais venir à ta rencontre puisque, de toute façon, la piste à partir de la station supérieure ne passe pas du tout par là-bas ? J'ai fait confiance à ton expérience, sûr que tu te débrouillerais par toi-même.

— Tu as raison. Je suis montée là-haut et j'ai constaté que tu ne pouvais pas passer par l'endroit où je t'attendais.

— Tu es montée tout là-haut toute seule ?

— Parce que je voulais comprendre pourquoi tu n'étais pas venu comme promis.

— Tu as perdu la tête ? Et comment tu es redescendue ?

— Les techniciens m'ont ramenée sur le tracteur.

— Dans ce cas, pourquoi m'as-tu traité de Judas l'Iscariote devant tout le monde ?

— C'est une blague, sourit Rachele avec défi, ben quoi, il n'était pas juif ? »

Le père observe le plateau vidé. « Dis-moi, tu n'aurais pas un peu pitié de moi ? » Elle se tait, visage en feu, tandis que des larmes inondent soudain ses yeux.

« Non, je n'ai pas de pitié, mais je me fais un gros mauvais sang. »

Le père lui caresse la tête et tourne les talons.

Elle verrouille la porte, plonge la chambre dans l'obscurité, remonte la couverture sous son nez, allume la lampe de chevet, prend *Cuore* que Grand-Mère lui a offert et trouve la page du roman interrompu pendant le cours où l'enfant, croyant avoir assisté son père très changé par la maladie, pendant toutes ces journées à l'hôpital, s'est occupé en fait d'un malade inconnu.

Il était quatre heures du soir, et justement l'enfant venait de se laisser aller à l'un de ses élans de tendresse et d'espérance, lorsque, au-delà de la porte ouverte, hors la salle, il entendit des bruits de pas, puis une voix forte prononcer ces paroles : « Au revoir, ma sœur ! » Il tressaillit de la tête aux pieds au son de cette voix et se leva comme mû par un ressort.

Un homme suivi d'une religieuse entra à ce moment dans la salle, portant un gros paquet sous le bras.

En le voyant l'enfant poussa un cri aigu et resta cloué sur place.

L'homme se retourna, le regarda un instant et jeta un cri lui aussi : « Cicillo ! » Il s'élança vers l'enfant, qui tomba suffoqué dans les bras de son père.

Les sœurs, les infirmiers, les internes accoururent et restèrent frappés d'étonnement.

L'enfant ne pouvait recouvrer la voix.

« Ô mon Cicillo ! », s'écria le père, après avoir fixé un regard attentif sur le malade, et embrassant son fils à plusieurs reprises. « Comment se fait-il qu'on t'ait conduit au lit d'un autre ? Et moi qui me désespérais de ne pas te voir ! Car ta mère m'avait écrit qu'elle t'avait envoyé.

Pauvre Cicillo ! Depuis combien de temps es-tu ici ? Comment cette erreur a-t-elle pu arriver ? Grâce à Dieu, ce que j'avais n'était pas dangereux ! Je suis guéri, tu vois ! Et ta mère comment va-t-elle ? Et Concettella ? Et le poupon ? Je sors de l'hôpital, allons-nous-en donc. Seigneur Dieu, qui aurait jamais pu supposer une pareille méprise ! »

L'enfant répondit avec effort quelques paroles pour donner des nouvelles de la famille. « Oh ! Comme je suis content ! balbutia-t-il, comme je suis content ! Quels vilains jours je viens de passer ! »

Il ne cessait pas d'embrasser son père, mais ne bougeait point d'une semelle.

« Viens donc, lui dit le père, nous arriverons encore ce soir à la maison. » Et il l'attira vers lui. L'enfant se tourna pour regarder son malade. « Mais, viens-tu, ou ne viens-tu pas ? », lui demanda le père, stupéfait.

L'enfant jeta encore un regard sur le malade, qui, à ce moment, ouvrit les yeux et le regarda fixement.

« Écoute, tata, dit l'enfant avec volubilité, attends encore. Voilà. Je ne peux pas. Il y a ce vieux monsieur que je soigne depuis cinq jours. Il me regarde sans cesse. Je croyais que c'était toi, je l'aimais bien. Il me veut près de lui, moi seul lui donne à boire, maintenant il est bien mal. Excuse-moi, mais je n'ai pas le courage de l'abandonner. Cela me ferait trop de peine. Je viendrai demain à la maison. Ce ne serait pas charitable de le laisser, regarde, il semble m'appeler du regard. Je ne sais pas qui il est, mais que veux-tu ? Laisse-moi rester ici, cher tata !

— Brave petit homme ! », murmura l'interne.

Le père devint perplexe, regardant tour à tour l'enfant et le malade.

« Qui est-ce ? demanda-t-il.

— Un ouvrier comme vous, répondit l'interne, venu de l'étranger et entré à l'hôpital le même jour que vous. On l'apporta ici évanoui et il ne put dire un mot. Il a sans doute une famille au loin, des enfants. Il croit peut-être que le vôtre est un des siens. »

Le malade ne quittait pas l'enfant des yeux.

Le père lui dit : « Reste.

— Il n'a plus bien longtemps à rester, dit l'interne.

— Reste, répéta le père. Tu as du cœur. Moi je vais de suite à la maison pour rassurer ta mère. Voici un écu pour tes besoins. Au revoir, mon brave enfant, au revoir[1] *! »*

---

1. Extrait du *Livre-Cœur (Cuore)*, d'Edmondo De Amicis, traduit de l'italien par A. Piazzi, éditions C. Delagrave, 1892.

10.

Moins de deux jours plus tard, elle se retrouve, en rêve, assise dans un hôpital au chevet d'un inconnu, à s'en occuper peut-être. Cette nuit-là, elle plonge au début du sommeil dans un abîme si profond que les rêves qui l'agitent s'évanouissent comme s'ils n'avaient jamais existé. Mais un rêve unique surnage et remonte à sa mémoire, peut-être parce qu'il se déroule dans une vaste église qui, dans la suite du rêve, se transforme en hôpital, une église peuplée de fidèles accidentés du ski, portant des plâtres aux mains ou aux jambes, marchant à l'aide de béquilles ou couchés sur des lits et bavardant, tout joyeux. Parmi eux, par extraordinaire, deux juifs orthodoxes, vêtus de noir, réussissent à boucler leurs papillotes de leurs doigts dépassant des bandages plâtrés enveloppant leurs crânes fendus. En fait, son père a raison : le ski à Noël, c'est l'Alléluia juif pour la naissance du nourrisson qui sauvera les Gentils.

Toutefois, à cause de ce rêve interminable, Rachele arrive au petit déjeuner au moment où ses parents s'apprêtent à l'achever. « Qu'est-ce qui t'arrive, la plaisante sa mère, tes rêves sont revenus au point que tu ne veuilles pas t'en séparer ?

— Moi, je le voulais, *eux* ont refusé, mais je les ai déjà oubliés. »

Le rêve de l'église transformée en hôpital, elle s'en souvient encore, mais elle préfère ne pas l'évoquer pour que son père ne se moque pas : « Tu vois, même dans ses rêves, elle est attirée par les églises ! »

Une matinée immaculée surgit à travers les larges baies de la salle à manger. « Les cieux sont cléments aujourd'hui, lâche la mère, si tu te dépêches, tu pourras skier au moins trois, quatre fois. » Le père se tait, le regard concentré sur la carte routière que grand-père Ernesto lui a offerte et, avec l'aide du couteau à beurre et l'échelle indiquée sur la carte, il calcule les distances.

« Oui, dit la mère, aujourd'hui, tu skieras seule parce que ton père a décidé de se rendre à moto au village qui l'a vu naître pendant la guerre. Il a enfin réussi à persuader Grand-Mère de révéler le nom de l'endroit.

— Pourquoi elle n'a pas voulu le lui dire jusqu'à maintenant ?

— Parce que, pendant la guerre, grand-père Roberto l'a laissée dans un village si écarté et si misérable qu'elle avait honte de donner son nom.

— J'y crois pas, qu'y a-t-il de honteux ?

— Pose-lui la question. Avec toi, elle n'a pas de secrets.

— Et comment se fait-il qu'elle ait accepté soudain de lui révéler le nom ?

— Parce que Papa lui a dit qu'avant de mourir il souhaitait voir l'endroit où il est né.

— Quoi ? »

Ricardo lève les yeux de la carte et sourit.

« Tu as oublié comment il fonctionne ? répond la mère en la pressant de choisir son petit déjeuner. Prends des œufs, du fromage, des croissants et des légumes, mais ne touche pas aux saucisses. Parce que tu as promis à ton rabbin qu'au moins jusqu'à ta bat-mitsva tu respecterais…

— Les saucisses aussi contiennent du porc ?

— Et quoi d'autre ? Du chevreau ou de l'agneau ?

— Mais vous, vous en avez mangé.

— Nous, nous sommes déjà loin de notre bar-mitsva », grogne le père, les yeux toujours fixés sur la carte.

En revenant à sa table, Rachele remarque un blouson en cuir sur le dossier de la chaise de son père et, sous le siège, le casque de moto noir. Tandis qu'elle mord dans son croissant, le désir la saisit d'accompagner son père, de s'asseoir derrière lui sur la moto et de l'enlacer. Au fait, pourquoi pas ? À plusieurs reprises, en route vers l'école ou aux cours du rabbin, elle s'est collée à son dos sur la moto et accrochée à sa taille.

« Il y a combien de kilomètres jusqu'à l'endroit où tu es né, si toutefois tu y es né ?

— C'est ce que j'essaie de vérifier en ce moment. Difficile d'évaluer parce que la route ne cesse de serpenter dans la montagne, mais, à mon avis, le village se trouve à une distance de pas plus de huit, neuf kilomètres.

— Alors, pourquoi tu ne demandes pas à Paolo de te conduire là-bas ? dit la mère.

— Parce qu'un véhicule aussi lourd peut facilement se retrouver coincé dans des voies étroites. Pourquoi donc j'aurais remorqué la moto jusqu'ici d'après toi ?

— Dans ce cas, emmène-moi avec toi, le supplie Rachele.

— Pas question ! proteste sa mère.

— Moi aussi je veux voir l'endroit où Papa a été mis au monde.

— Qu'y a-t-il à voir ? Sûrement un trou perdu pour que ta grand-mère en ait honte à ce point. »

Rachele dévisage son père pour deviner sa réaction, mais il demeure toujours penché à scruter sa carte.

« Pourquoi irais-tu te trimbaler à moto sur des routes dangereuses alors qu'ici le temps est magnifique pour le ski que tu aimes tant ?

— Mais le ski ne va pas disparaître, alors que j'ai l'unique occasion de voir où on a enfanté Papa.

— Mais qu'est-ce que ça peut bien faire et qui cela concerne ? Cela fait des mois que tu attends les vacances de Noël. On annonce le retour du brouillard et des averses pour demain.

— Demain ? Comment sais-tu ce qu'il y aura demain ? Peut-être que demain aussi il fera beau, mais moi, je n'aurai jamais l'occasion de voir cet endroit, à cinq kilomètres à peine d'ici.

— Neuf, bredouille le père, dont le regard caresse sa fille à la beauté lumineuse après une longue nuit de sommeil.

— Va pour neuf ! Papa est prudent, il m'a transportée un millier de fois, et toi, Maman, tu ne t'en souciais pas, et pourquoi tu t'inquiètes maintenant ?

— Parce que c'est la montagne, sur des routes dangereuses, et tout ça, pour quoi faire ? De toute façon, comment vas-tu monter sur la moto sans casque ?

— Avec mon casque de ski.

— Ce casque est uniquement pour la neige. Il faut que tu aies un véritable casque.

— Et où on va trouver un vrai casque, ce matin ?

— Nulle part, c'est pourquoi tu vas rester ici.

— Mais…

— Pas de "mais" qui tienne. Tu n'accompagnes pas ton père, un point, c'est tout.

— Mais…

— Attends, intervient Ricardo, tout de même, pourquoi elle ne viendrait pas avec moi ?

— Uniquement avec un casque conforme, je n'ai pas la force de m'occuper d'une autre tête éclatée dans la famille.

— Éclatée ?

— Mais comment on va lui trouver un casque à cette heure ?

— Si tu acceptes, contre ma volonté, qu'une enfant de douze ans se mette ainsi en danger en montagne sur ta moto, trouve-lui, toi, un casque véritable. Après tout, tu te débrouilles toujours pour trouver tout ce que tu désires. »

De fait, son père emprunte un casque à un serveur, mais comme il est adapté à un crâne plus volumineux que celui de sa fille, il le coiffera lui-même et adaptera le sien à sa fille. Elle est envoyée troquer sa combinaison de ski contre une tenue en laine et s'envelopper dans le coupe-vent de sa mère. La moto les attend devant l'hôtel, étincelante et briquée, et après que le démarrage a réussi à extraire du moteur la pétarade adéquate, le père invite sa fille à se jucher et s'installer derrière lui.

La moto les achemine à destination, en manœuvrant au long de routes étroites et sinueuses. De temps à autre, Ricardo s'arrête à un croisement, étale la carte, et vérifie le trajet jusqu'à son village natal. Autour d'eux, torrents et cascades grondent, des câbles cliquettent au-dessus d'eux, des skieurs joyeux leur font signe depuis des nacelles étincelantes, et il arrive même qu'un skieur s'envole au-dessus de leurs têtes en glissant dans la descente. Des nappes de froid s'épaississent au milieu de fleurs sauvages aux feuilles verdoyantes, et du haut des arbres tombent des grappes de blocs de glace. Parfois, ils croisent une auberge où des promeneurs et des skieurs sont attablés à boire du vin chaud dans des gobelets en terre cuite. Et, à chaque fois, il se trouve un convive pour se lever et contempler cette moto étincelante et l'équipage, un homme et une fillette. Mais Ricardo ne s'attarde pas, il se contente de saluer de la main et cherche à repérer les panneaux routiers qui lui confirmeront le bon itinéraire. Les neuf kilomètres mesurés sur la carte dans la salle à manger se sont déjà transformés en quinze, mais guère plus. La carte n'est pas erronée, seule la main du géomètre a peut-être tremblé. Et voilà déjà le nom du village convoité qui s'affiche sur un panneau en bois rouge fiché dans la neige. « On y est, crie le père à sa fille qui réchauffe son visage contre son dos, voilà l'endroit où j'ai vu le jour, mais non par l'opération du Saint-Esprit. »

Dès leur entrée dans le village, des gamins se précipitent derrière la moto, tout en leur indiquant le chemin de l'école où attend, rendez-vous pris d'avance, l'instituteur Alfredo. Ce dernier doit les conduire à son vieux père, un médecin autrichien qui, dans la quatrième année de la guerre, en plein hiver, fut appelé d'urgence depuis l'hôtel d'une localité voisine : une femme italienne, mais aussi juive, dont la vie était menacée par le bébé qu'elle portait. C'est pourquoi, l'ancienne parturiente, dont la vie a été sauvée grâce à lui, envoie chaque année à l'instituteur Alfredo, le fils du médecin, un don pour l'école régionale aux fins de réparations et d'embellissements. Car le médecin lui-même, son sauveur, refuse de recevoir de l'argent pour son propre usage.

Le père et sa fille ôtent leurs casques et pénètrent dans le salon d'un modeste chalet pour y rencontrer le médecin qui vient de fêter ses quatre-vingt-dix ans. La pièce est plongée dans la pénombre, et seules deux lampes diffusent une faible lumière dans les recoins. Le vieillard souffre d'une maladie des yeux, que la lumière aggrave, c'est la raison pour laquelle il préfère rester dans l'obscurité à écouter de la musique classique. Son fils lui apporte les nouvelles du monde exposé, lui, au grand jour.

Ricardo, ému, s'incline devant le vieil homme et s'assoit près de lui, s'efforçant patiemment de lui soutirer des détails de sa naissance, il y a cinquante-six ans. Sauf qu'à cause de l'accent de l'instituteur, Rachele ne parvient à comprendre que quelques mots, l'italien se transforme dans la bouche du médecin en un pur allemand.

« Pourquoi n'est-il pas disposé à s'exprimer en italien ? s'étonne Ricardo.

— Par patriotisme. Parce qu'il prétend, explique le fils, que notre village a toujours été autrichien et jamais italien, et ce n'est qu'après la Première Guerre mondiale que les Italiens l'ont annexé sans aucune justification car eux aussi ont été des nazis, autant que les Allemands et les Japonais.

— Nazis ? Les Italiens ? s'écrie Ricardo, amusé par cette classification outrancière dans la bouche du médecin. Vous voulez sans doute dire fascistes.

— N'est-ce pas la même chose ?

— Pas vraiment, désapprouve Ricardo, ça y ressemble, voilà tout. »

Le médecin montre du doigt Rachele et marmonne quelque chose.

« Mon père demande qui est cette enfant.

— C'est ma fille, la petite-fille de la femme que vous avez sauvée. »

Le vieillard opine de la tête. Certes, elle rappelle un peu cette femme, même si l'autre était plus belle.

« Lorsqu'elle sera plus grande, promet le père, elle surpassera sa grand-mère en beauté. »

Le fils traduit en allemand ce pronostic esthétique, mais l'Autrichien assis dans la pénombre met en doute l'avenir.

Et maintenant, c'est au tour de la question qui a jeté Ricardo sur les routes jusqu'ici. Comment se fait-il qu'un médecin autrichien fidèle à sa patrie ait été disposé, pendant cette guerre-là, à sauver la vie d'une juive et de mettre au monde son enfant.

Et avant même que l'instituteur ait fini de traduire la question, la réponse fuse déjà dans la bouche du vieil homme, et, à en juger par le débit de sa parole, il semble que cela faisait un certain temps qu'il s'y était préparé, qu'un beau matin le nourrisson en personne apparaîtrait pour poser cette question, bien qu'il ne s'attendît pas à ce qu'il surgisse précisément à moto.

« Eh bien voilà, monsieur Luzzatto, dit l'instituteur qui commence à traduire en dialecte tyrolien la réponse autrichienne de son père. Une jeune juive, au neuvième mois de sa grossesse, à bout de forces et en sang, lui fut amenée à Noël 1943, et, ici, l'état d'esprit des gens était déjà moins euphorique car ils craignaient que l'issue de la guerre ne soit compromise. Et lorsqu'on a amené cette jeune juive en danger de mort, mon père espérait encore que l'armée allemande saurait surmonter la catastrophe de Russie et conquérir Moscou, et que l'occasion se présenterait de nouveau d'envoyer cette femme avec son nourrisson au lieu final où aboutiraient tous les juifs, mais il s'est dit qu'en cas de défaite, la juive et son bébé mis au monde par un médecin allemand pourraient témoigner en faveur de sa famille, et aussi du village. »

Rachele chuchote à l'oreille de son père : « Qu'est-ce qu'il dit ? Qu'est-ce qu'il explique ?

— Plus tard, plus tard », murmure Ricardo – épouvanté, ému, amusé, effrayé par l'explication franche du médecin. Tandis que l'instituteur, traducteur des propos de son père, perplexe et confus, décide de mettre fin le plus vite possible à la rencontre. Il éteint une lampe et accroît l'obscurité. « Notre malheureux père souffre de dégénérescence maculaire, dit-il, et une forte lumière peut altérer son cerveau. » Il propose au père et à sa fille, tenant encore leurs casques sous le bras, de monter au troisième étage, là où la naissance a eu lieu. Ricardo aurait souhaité continuer à confesser le médecin, et sans doute à lui soutirer d'autres propos injurieux et venimeux, mais le fils est déterminé à accélérer les adieux, et donc, pas d'autre choix que de se séparer avec une poignée de main du vieux nazi qui l'a mis au monde, et de grimper avec sa fille à l'étage supérieur, dans une chambre vide de tout meuble ou objet, à l'exception d'un petit cheval à bascule. Et de la fenêtre donnant au nord, grande ouverte, se découvre le panorama grandiose des Alpes, une sorte de paysage antédiluvien déployé, riche et provocant, tandis qu'une bise inaudible se déchaîne sur un sommet audessus duquel brille un soleil de midi semblable à un pâle diamant.

« Je suis vraiment né ici ? s'émeut Ricardo, comme incrédule que le médecin autrichien ait choisi de le mettre au monde précisément devant ce paysage à couper le souffle.

— Oui, c'est ici que vous êtes né.

— Mais comment le savez-vous, s'étonne Ricardo, étiez-vous déjà né ?

— Et comment ! J'ai déjà soixante ans.

— Vous voulez dire que vous aviez quatre ans ?

— En effet, confirme l'instituteur qui enseigne l'histoire aux petits villageois.

— Même si vous n'étiez qu'un gamin, vous vous souvenez pourtant que je suis né ici ?

— Exactement, j'étais un bambin, et, au début, semble-t-il, je croyais que vous étiez un bébé de la famille et non un étranger. Mais ma mère vous a fait descendre avec votre mère dans la cave pour qu'on n'entende pas vos pleurs et vos vagissements dehors – bien qu'il soit difficile de faire la différence entre les pleurs d'un bébé juif et ceux d'un simple bébé – et alors, j'ai su déjà, même à l'âge de quatre ans, que vous n'étiez pas de notre famille, et qu'il valait mieux vous ramener au lieu d'où vous étiez venus. »

11.

La descente vers l'hôtel se prolonge car le motocycliste prend garde de ne pas déraper dans les virages de la pente. Et même si Rachele plaque tout son être contre son père, lui exige de sentir le contact de ses doigts sur son cou afin d'être sûr qu'elle est toujours derrière lui. Après chaque virage, il crie : « Rachele, tu es toujours là ? » Alors, elle soulève la lunette de son casque et crie : « Je suis là, mais roule plus doucement. » Elle n'a rien compris de la discussion avec le vieux médecin, mais elle sent que l'humeur de son père est euphorique.

Le déjeuner à l'hôtel est déjà terminé, mais Ricardo n'est pas disposé à y renoncer et, après avoir ôté son casque et s'être excusé auprès des serveurs à cause de ses vêtements maculés, il commande un repas pour lui et sa fille. La mère, qui a appris leur retour, descend pour les informer que Paolo viendra en soirée emmener Rachele au bord de la mer afin que Grand-Mère ait le temps de lui trouver une robe et des chaussures en vue de la réception qu'elle donnera demain dans sa demeure.

« Aujourd'hui encore à la mer ? proteste Rachele. Pourquoi ? » Même si Paolo venait la prendre le lendemain matin, elle aurait suffisamment de temps pour trouver la robe sur laquelle, de toute façon, son choix est arrêté. « Demain, nous n'aurons pas le temps parce que le trafic est chargé et ralenti pendant ces jours-ci à la veille de la Saint-Sylvestre et, en plus, quand vous aurez choisi la robe et les chaussures, il faudra laisser du temps à la couturière de Grand-Mère pour faire les retouches et les ajustements avant la fête.

— Mais je n'ai pas du tout besoin d'une nouvelle robe, et sûrement pas de chaussures comme celles que Grand-Mère désire pour moi, je veux dire, des chaussures avec des talons pas trop hauts. Je suis déjà l'une des plus grandes de la classe, et la plupart des garçons sont plus petits que moi.

— S'il te plaît, Rachele, cesse de discutailler avec moi, ce n'est pas ma grand-mère, mais la tienne. Ce n'est pas moi qui décide.

— Et parce que Grand-Mère exige une robe, dont je n'ai pas besoin, et des chaussures à talon, dont je ne veux pas, je devrais renoncer à une sortie à ski ?

— Pourquoi tu y renoncerais ? Certes, tu t'es entêtée à accompagner ton père sur sa moto mais, maintenant, avant d'attendre le dessert, relève la tête et tu vas voir qu'il y a suffisamment de lumière pour une descente à ski. Allez, lève-toi et grimpe sur la montagne, car qui sait si, après l'opération de ton père, nous pourrons revenir ici.

— Quoi ? Il va avoir une opération ?

— Trois fois rien, sourit le père, *toi*, tu ne sentiras rien. Allez, fillette, ne baisse pas les bras. Quant à ta valise, ta mère va la préparer. »

La perspective de grimper maintenant sur la montagne enneigée ne la réjouit guère, mais l'occasion de revoir le jeune homme à la chevelure pâle, le sosie d'Enrico, l'incite à accepter la suggestion.

La plupart des skieurs de l'après-midi ne sont ni des adultes, ni des enfants, mais des jeunes gens visant le haut de la station. Aussi glisse-t-elle sur les virages faciles de la piste bleue presque solitaire et s'immobilise-t-elle, de temps à autre, pour examiner le visage des rares descendeurs qui la dépassent.

Le véhicule est garé devant l'hôtel, sa valise l'attend dans le coffre à bagages. « Donne-moi tes skis, la presse Paolo, je les rapporterai demain, et monte dans la voiture sans te changer, la circulation est dense. Tu pourras le faire chez ta grand-mère. » Mais Rachele n'est pas disposée à partir dans cette tenue, et elle se rue avec ses skis dans sa chambre pour se changer. Ni son père ni sa mère ne sont descendus pour lui dire au revoir. Elle gagne la chambre de ses parents et, furieuse, toque à leur porte. Il s'écoule un certain temps avant que sa mère ne lui parle derrière la porte verrouillée. « Ton père dort, il vaut mieux que je ne le réveille pas. Ne t'en fais pas, j'ai mis dans ta valise tout ce dont tu auras besoin, je n'ai rien oublié.

— Et mon livre ? Mon *Cuore* ?

— Je n'ai pas oublié ton *Cuore*, je l'ai mis aussi dans ta valise. À part ça, demain, nous vérifierons si nous n'avons pas oublié quelque chose dans ta chambre. Sois patiente et accepte gentiment les initiatives et les caprices de Grand-Mère. Je sais bien, elle n'est pas toujours commode, mais n'oublie pas que, de son point de vue, tu es sa seule petite-fille véritable. »

Dans la voiture, Rachele ne s'assoit pas sur le siège avant mais se pelotonne à l'arrière. « Cette fois, tu devras surveiller toi-même tes compteurs, dit-elle à Paolo, je suis très fatiguée. » Le conducteur se voit contraint de la laisser faire, place un coussin sous sa tête, lui met une couverture et boucle deux ceintures de sécurité.

Le monde se hâte de s'obscurcir en vue du Nouvel An, et dans le ciel, deux étoiles diligentes brillent déjà de leur propre initiative, mais bien que Rachele se blottit sous son coussin, elle ne parvient pas à s'endormir. Elle décide donc de prouver à Paolo que, bien que prisonnière de deux ceintures de sécurité, et sans voir la route, elle est capable d'énumérer, uniquement de mémoire, les noms des villages et des bourgades sur le chemin de retour, avec l'espoir qu'ils se trouvent toujours au même endroit.

Toutefois, Paolo ne se montre pas impressionné par ses capacités. « Le fait que les juifs excellent parfois davantage, ne les rend pas plus aimables.

— Dans ces conditions, que doivent-ils faire donc pour qu'on les aime un peu ?

— Qu'ils s'intéressent vraiment à ceux qui ne sont pas riches et réussissent comme eux... Qu'ils les interrogent sur leur vie, leurs difficultés, leurs malheurs...

— Mais c'est exactement ce que je fais, Paolo, gronde Rachele, je fournis des efforts avec les filles de ma classe, et ça me réussit à peine.

— Parce que, peut-être, tu es trop intelligente.

— Trop intelligente ? C'est ma faute ?

— L'intelligence n'est pas une faute, pontifie le conducteur, mais quand quelqu'un en est doué, il doit se montrer prudent et poli, dire merci pour chaque chose, quand il le faut ou pas.

— Si c'est comme ça, Paolo, merci. Que tu en aies besoin ou non, je te dis encore merci, et encore merci, et encore merci... autant que tu voudras. »

Entre-temps, le trafic bouchonne et, dans la voiture contrainte de ralentir, l'assoupissement de la jeune passagère se renforce et dilue les signaux spatio-temporels qui l'escortent. Mais les cris d'allégresse des touristes, venus célébrer la nouvelle année, les assaillent au milieu du vrombissement des ferries et transforment les rêves en réalité. Cependant, Rachele, qui redoute l'an neuf, étreint son coussin et refuse de se lever, même au moment où les roues du véhicule freinent sur le parking et où le moteur s'éteint.

Un domestique éthiopien, qui attend à coup sûr leur arrivée depuis un bon moment, extraie la valise du coffre et ouvre la portière du véhicule et, avec un sourire éclatant, invite la petite-fille à le suivre. Mais Paolo, libérant sa passagère de ses liens, répugne à la confier au domestique, qui a déjà chargé la valise sur son épaule. Au lieu que l'éveillée soit ballottée à pied dans des ruelles étroites et sombres, il a déjà appelé son ami marin qui loue son vieux bateau à moteur, et y fait monter avec précaution la jeune fille assoupie, ainsi que le domestique avec la valise, afin qu'ils traversent plus rapidement le golfe et soient en un instant à la maison de la grand-mère. Paolo demande à son ami de monter le son de la radio pour tenir sa passagère éveillée. Ainsi Rachele, endormie et extasiée, est-elle submergée par la mélodie classique d'un compositeur célèbre, vieille de trois siècles. Le marin lui sourit, et sous les accords du violon imitant les volutes du vent et des averses, instillant des frissons dans les os, le bateau vogue sous la pluie, tout droit vers la grand-mère Leah Luzzatto, qui attend sa petite-fille, impatiente, à la porte de sa demeure.

12.

Quel est donc le secret de cette vaste demeure, que le vacarme incessant des touristes, et autres rumeurs du dehors, ne parviennent pas à forcer ? Seraient-ce les rideaux de velours noir, calfeutrant fenêtres et portes, qui diluent les rumeurs de la promenade ? Les armoires bourrées de précieux objets assourdissent-elles les cris de joie des ivrognes du dehors ? Et alors que, même dans le jardin entourant cette résidence, entre arbustes et grands arbres, on peut toutefois respirer ce même silence.

Le nom de l'architecte auteur de ce prodige est certes gravé sur une plaque de marbre près de la porte d'entrée, mais est-il possible aujourd'hui d'élucider ses intentions et de percer ses stratagèmes par la simple connaissance de son nom ? Grand-mère Luzzatto n'est pas propriétaire de son logis, mais locataire à titre gracieux, certes jusqu'à la fin de ses jours ou, du moins, jusqu'à ceux du propriétaire, amant généreux, vagabondant d'une demeure à l'autre dans différentes cités à travers le monde, d'où il adresse des cartes de vœux à ses maîtresses.

La valise disparaît immédiatement dans la chambre à coucher, et Grand-Mère exige de faire précéder le dîner par la toilette de sa petite-fille ballottée pendant une demi-journée sur une moto à la montagne.

Et quiconque refuse de renoncer au secret de cette demeure est invité à pénétrer dans la salle de bains et à commencer, à partir de là, l'examen de l'énigme architecturale. L'origine de la vaste salle de bains remonte à des thermes romains dont il subsiste ici deux colonnes en marbre et un aigle à l'aile orpheline, regardant un bassin profond et exigu, au-dessus duquel se déploie un tuyau en cuivre incurvé. Et comme Rachele désire pénétrer l'état d'esprit des Romains qui ont détruit le Temple de Jérusalem, elle se glisse dans le bassin et les imagine se tenant dans les thermes avec elle. Mais hormis le bassin antique que l'architecte a conservé, tous les autres accessoires de cette salle de bains – robinets et pommeaux de douche, gicleurs et poignées, savons et porte-serviettes, cuvettes de WC et lavabos – relèvent d'un design tout ce qu'il y a de plus contemporain. Car lorsque le propriétaire vient en visite dans sa demeure, il apporte dans ses bagages, à chaque fois, le dernier cri le plus original, toutes sortes d'accessoires glanés dans des expositions de design à Milan ou à Munich.

« Déshabille-toi, ma douce, et je vais t'aider à savonner ton dos.

— Inutile, je peux le savonner moi-même.

— Personne ne réussit à se savonner le dos tout seul, il reste toujours un coin, là-derrière, que personne ne peut atteindre lui-même. Aussi, en avant, jeune demoiselle !

— Dans ce cas, qui te le savonne à *toi*, le coin derrière ?

— Quelqu'un…

— Qui ça ?

— Tu vas peut-être le rencontrer demain soir, répond Grand-Mère en riant, pour le moment, allez, on se dépêche. »

Avec des gestes prestes mais délicats, Grand-Mère ôte les vêtements de sa petite-fille, ouvre le robinet de la douche, règle les jets à la bonne température et, à l'aide d'une grande éponge, elle commence à frotter non seulement le dos, mais les seins graciles, les longues jambes, le cou, les fesses blanches, un peu lourdes, et verse un shampooing parfumé sur les cheveux, sans oublier le duvet doré de son pubis. « Mais, Grand-Mère, je ne suis plus un bébé qu'il faut laver.

— Tu n'es plus un bébé, mais il ne reste plus beaucoup d'années pour qu'une femme veille à ce que tu te nettoies complètement. Aussi, ferme les yeux et tourne-toi », et elle augmente le débit de l'eau et récure à fond les membres juvéniles, et ce n'est que lorsqu'elle est convaincue que la dernière bulle de savon a disparu qu'elle l'enveloppe dans un peignoir moelleux, et attire contre sa poitrine la fillette aux yeux encore clos.

« Ton père m'a raconté au téléphone que le vieux nazi a trouvé que tu me ressemblais.

— C'est vrai, chuchote Rachele derrière sa serviette, mais il a dit aussi que toi, tu étais alors plus belle.

— Exact, j'étais belle, et je n'ai aucun doute que c'est la raison pour laquelle il a accepté de mettre au monde ton père, mais ne t'inquiète pas, ma chérie, tu seras suffisamment belle pour trouver un mari qui s'occupera de toi mieux que ton père ne le fait de ta mère. »

Le dîner est servi par une Éthiopienne silencieuse dont le front porte un tatouage d'oiseau. « Où se trouvent tous ces gens qui t'aident d'habitude ?

— Je les ai envoyés chez leurs enfants et petits-enfants, et pour que je ne reste pas seule, mon ami de l'hôpital m'a envoyé une famille éthiopienne pour m'aider.

— Une famille entière ? Combien sont-ils ?

— Je ne les ai pas comptés, mais la maison est suffisamment grande, et ils ne sont pas capricieux.

— Mais pourquoi ils sont venus ici pour Noël ? Papa dit que les Éthiopiens sont chrétiens.

— C'est vrai, il y a des Éthiopiens chrétiens, et d'autres musulmans. Et même, tu ne vas pas le croire, des Éthiopiens juifs, dont j'ai appris qu'on vient brusquement de se souvenir d'eux et qu'on les amène en Israël à la place des juifs d'Europe qui ne veulent pas s'y installer. Mais les Éthiopiens qu'on m'a envoyés ne sont ni chrétiens, ni musulmans, ni juifs mais des Éthiopiens qui croient aux esprits et aux étoiles, et leurs fêtes, je crois, se déroulent à une autre date.

— Mais comment les comprends-tu ? Ils parlent italien ?

— C'est très difficile de les comprendre, comme ton père a eu du mal à comprendre l'instituteur autrichien. Que faire ? Chacun se bricole son italien comme bon lui semble. Mais ces Éthiopiens-là, je n'ai pas besoin de les comprendre, c'est eux qui doivent *me* comprendre, et il suffit que l'un d'eux comprenne ce que je veux, et alors, toute la famille comprend et m'obéit au doigt et à l'œil. »

Après le dîner, Rachele découvre dans sa chambre à coucher une fillette éthiopienne de son âge en train de défaire sa valise, de plier et de suspendre les vêtements, en rangeant soigneusement chaque objet à sa place. Lorsque Rachele se met au lit, l'Éthiopienne s'empresse de poser une bouillotte à ses pieds qu'elle replace sous la couverture. Mais après avoir glissé la valise vide sous le lit, elle se souvient que quelque chose y est resté, elle la retire et en sort le *Cuore* oublié, le feuillette et regarde les illustrations, puis le dépose sur la table de chevet, éteint la lampe et sort.

Et dans la profonde obscurité, veloutée, les bateaux amarrés dans le port tanguent sous le souffle des vents qui grondent et dévalent les collines environnantes.

13.

Au matin, dans une boutique du centre historique, Lucia, la couturière, attend Grand-Mère et sa petite-fille ; une sexagénaire d'origine polonaise qui va les aider à décider laquelle des trois robes que Grand-Mère a choisies hier conviendra à la fête. Mais comme Grand-Mère est disposée d'avance à acquérir les trois, déjà payées – voire une quatrième, ajoutée au dernier moment –, la décision finale ne sera prise que ce soir, et, entre-temps, l'habile couturière tentera d'ajuster les quatre robes à la taille de Rachele. Cette dernière entre dans la cabine d'essayage et en sort, accompagnée du regard professionnel du patron de la boutique qui ne leur épargne pas son avis. Et comme les mesures ne déterminent pas le choix mais une amélioration de principe, la mallette de la couturière, outre des épingles, des aiguilles, des bobines de fil et un mètre-ruban, contient un trésor d'ornements et d'accessoires : colliers de perles, faux cols, pièces de velours de différentes couleurs, mousselines, bandes de dentelle, épingles dorées, toutes sortes de boutons anciens et modernes. Tout cet attirail a pour vocation d'ajouter une singularité originale aux robes quelque peu monacales que Grand-Mère a choisies.

Prenant son mal en patience, Rachele ne discute guère. Elle entre dans la cabine et essaie une robe, en sort et se tient indéfiniment devant trois miroirs et s'en remet totalement à l'imagination créatrice de la couturière, restée seule avec Rachele, car Grand-Mère s'en est allée dénicher une robe pour elle-même. Lucia, dont Grand-Mère a décidé de changer le prénom en Myriam, défait d'abord la doublure des quatre robes afin de les rallonger et de recouvrir les genoux de la jeune fille, pas encore suffisamment arrondis et sur lesquels l'on remarque des traces de griffures dues aux exercices de sport que le père énergique a imposés à sa fille. « À ton âge, lui explique la couturière, les genoux des filles, les garçons ne s'y intéressent pas, pour eux, ce qui compte, c'est le galbe des mollets, et pour ça, les chaussures à talon que ta grand-mère a prévues vont nous aider.

— Je ne porterai jamais de chaussures à talon, décrète Rachele, il y a tellement de garçons plus petits que moi dans ma classe, que je n'accepte pas d'être encore plus grande qu'eux.

— Ça, réplique la couturière, tu en discuteras avec ta grand-mère, moi, je suis spécialisée en robes, pas en chaussures.

— Mais comment, la défie Rachele, oui, comment se fait-il que tu aies accepté que Grand-Mère change brusquement ton nom de Lucia en Myriam ?

— Je n'aime pas contredire les gens qui me paient le double des autres…

— Et pourquoi a-t-elle choisi Myriam ?

— Parce que, si je suis arrivée encore enfant de Pologne en Italie, c'est ce qu'elle a dit, ça voudrait dire que je suis un peu juive.

— Un peu ? pouffe Rachele, à quel point "un peu" ? Comment ça, "un peu"?

— Je ne sais pas, répond la couturière, le rouge aux joues, mais le nom de Myriam me plaît, pourquoi devrais-je le rejeter ? »

Grand-Mère se rue dans la cabine d'essayage à la vitesse d'un ouragan, se dévêt rapidement et se faufile dans une longue robe noire en velours. Sa silhouette est élancée et soignée, même si les années se reflètent dans son teint jauni, les rides de sa peau et ses seins tombants. Lucia-Myriam s'agenouille et trace des traits sur la doublure. « Uniquement jusqu'à la naissance de la cheville, la sermonne Grand-Mère, pas un millimètre de plus. » Le patron de la boutique jette un œil derrière le rideau : « Parfait, madame Luzzatto, tout simplement parfait, inutile d'ajouter quoi que ce soit à la robe.

— Mais j'ai un collier magnifique, s'écrie la couturière, un collier ancien en argent, qui rehaussera la beauté du velours noir.

— On va y réfléchir, mets-le dans le paquet, merci, Myriam, on va essayer le tout à la maison. »

Et après avoir glissé en hâte une enveloppe à la minuscule couturière, toutes deux traversent la place pour acheter un masque à la petite-fille. « Un masque ? s'étonne cette dernière. Pour quoi faire ? Le carnaval n'aura lieu que dans un mois, et, en plus, c'est pas une fête des juifs.

— En effet, le carnaval n'est pas notre fête, répond la grand-mère, mais les invités de ce soir ne recherchent pas un carnaval, plutôt de la culture et de l'Histoire, c'est pourquoi ils viendront masqués. Ma fête est aussi une réception masquée.

— Ils sont juifs ?

— Des juifs et des non-juifs, et il y aura aussi le directeur de l'hôpital qui a aidé ton père à comprendre sa maladie.

— Lui aussi est juif ?

— Un peu…

— Comment ça, un peu ? Comme Lucia ?

— Non, il l'est un peu parce qu'il a eu une épouse juive, et depuis, il est devenu un peu juif. Et quand ton père lui a parlé de toi, il a voulu te rencontrer.

— Me rencontrer ? Mais pourquoi ?

— Il t'expliquera lui-même.

— Minute, s'effraie Rachele, il y aura d'autres personnes comme moi, je veux dire, de mon âge ?

— Non, uniquement toi. Et tu pourras aller te coucher dès que tu le décideras. De ta chambre, on n'entend aucun bruit. »

Elles pénètrent dans la boutique des masques, qui a l'air minuscule avec une marchandise chiche, mais il s'avère que des marches abruptes conduisent à un vaste sous-sol obscur empli de masques et de déguisements. Et dès lors que Grand-Mère arborera ce soir son masque de l'an dernier, seule Rachele doit se choisir un masque. Elles examinent, sous une faible lumière, des masques petits ou grands, simples ou sophistiqués, réalistes ou fantasmagoriques, historiques ou contemporains, tandis que Grand-Mère désigne de temps à autre l'un d'eux et s'exclame : « Celui-ci est magnifique, celui-là est spécial, celui-ci est drôle, celui-là effrayant, je n'en ai jamais vu comme celui-là. » Rachele ne réagit pas, ni ne tend la main vers un masque pour l'essayer face aux petits miroirs. Avec un sérieux abyssal, un silence lugubre, elle déambule entre les rayonnages, écoutant à demi les bavardages de sa grand-mère qui, ici ou là, ne peut s'empêcher de poser un masque sur son visage, pour jubiler sur la métamorphose surprenante provoquée dans son apparence.

« Eh bien, jeune demoiselle, décide-toi, il ne s'agit tout au plus que d'un masque. »

Et alors, Rachele tend un doigt vers un masque rangé sur un haut rayonnage. Il s'agit d'un masque ovale, blanc, très simple.

« Celui-ci ? Tu ne voudrais pas en choisir un plus coloré ?

— J'ai une idée », marmonne Rachele.

De retour à la maison, elle demande à sa grand-mère des galons de passementerie qu'elle attache au masque, et complète son œuvre en prenant dans un tiroir une vieille kippa brodée et une casquette.

Face au miroir de sa chambre à coucher, Rachele met le masque, ravive ses joues avec un peu de fard et sort de sa chambre pour présenter son déguisement aux Éthiopiens en train de préparer la demeure pour la réception masquée. Et même s'ils n'identifient peut-être pas le nouvel avatar de la petite-fille de la maîtresse de maison, ils se réjouissent qu'un premier masque ait fait son apparition dans le logis.

Rachele ferme la porte de sa chambre en vue de sa sieste et, cependant, les robes achetées dans la matinée réussissent à pénétrer dans sa chambre et à être suspendues sur leurs cintres à la porte de l'armoire. Mais est-il possible d'assortir le masque d'un juif à papillotes jaunâtres à l'une des robes ? La chose apparaîtrait comme un outrage irréfléchi à la foi et à l'identité. Aussi Grand-Mère accepte-t-elle qu'au début de la soirée Rachele ne revête pas encore sa robe mais se présente, avec son masque, dans sa tenue de sport noire, comme si l'étudiant venait à peine de rentrer de la salle de fitness, tandis que ce serait dans la suite de la soirée, lorsque les autres invités ôteraient leurs masques pour profiter du buffet, que Rachele retournerait à sa chambre pour en revenir avec sa nouvelle robe.

Aux environs de vingt et une heures, les premiers invités déguisés commencent à affluer, s'imposant le mutisme pour qu'il soit difficile de les identifier sous leur masque. En particulier, une femme (à moins que ce soit un homme ?) qui porte une burqa et flotte, sans une chute ou un heurt, entre les pièces de l'immense demeure comme si elle était mue par un radar intérieur. Toutefois, hormis ce déguisement, émouvant tout autant qu'effrayant, la plupart des déguisés ont puisé leur inspiration dans la politique ou la culture contemporaines et, parfois, dans l'histoire italienne. Et comme la majorité des invités devinent que le jeune étudiant, se tenant dans un coin en tenue de sport noire à boucler ses papillotes, n'est nul autre que la petite-fille bien-aimée et unique de leur hôtesse, ils le comblent de compliments et d'embrassades.

Avec un retard calculé débarque le directeur de l'hôpital local, le professeur Salvatore Novarese, personnalité aimée et admirée, qui endosse l'habit d'un célèbre compositeur du XVIIe siècle. Et comme les présents ont conscience que, dans un avenir proche ou lointain, ils auront recours à son aide à l'hôpital ou en consultation, ils l'abreuvent d'exclamations affectueuses, louent son déguisement fidèle, et d'aucuns chantonnent déjà une aria du compositeur. Mais le directeur de l'hôpital, qui s'est déjà emparé du bras de la maîtresse de maison, demande qu'on lui présente sans tarder la fille de Ricardo Luzzatto qu'il a reçu en consultation il y a quelques jours, et qui doit revenir à l'hôpital après les fêtes.

« La voici, l'informe Grand-Mère en lui montrant le jeune étudiant, voici notre Rachele. »

Le directeur de l'hôpital fait l'éloge du déguisement et tend deux doigts pour effleurer une papillote, et à la demande de sa grand-mère, Rachele ôte son masque, son chapeau et sa kippa, secoue ses boucles et, de ses grands yeux en feu, elle regarde l'éminent médecin qui, bien qu'il soit déguisé en antique compositeur, lui semble dégager un relent pharmaceutique.

« Eh bien donc, tu es la fille de Ricardo ?

— Oui.

— Et tu t'appelles ?

— Rachele.

— Et tu as un frère ou une sœur ?

— Non, je suis fille unique.

— Ton grand-père m'a raconté qu'il accroche dans son bureau tes belles compositions.

— Ça lui fait plaisir.

— Et quel âge as-tu ?

— Rachele aura bientôt douze ans, intervient Grand-Mère, et nous lui fêterons sa bat-mitsva.

— Qu'est-ce que c'est, la bat-mitsva ? », s'enquiert le directeur de l'hôpital.

Grand-Mère lui explique.

« Tu es au courant de la maladie de ton père ? Il t'a raconté ?

— Oui, murmure Rachele, vous lui avez trouvé un supplément dans le cerveau ?

— Un supplément ?

— C'est ce qu'il m'a expliqué.

— Tout le monde me dit que tu es une enfant intelligente, mais désormais tu dois non seulement être intelligente, mais aussi forte.

— Je sais.

— Tu dois t'accrocher. Comme d'autres enfants.

— Lesquels ?

— Questionne ton institutrice à propos des enfants qui ont tenu le coup.

— Quel coup ? »

À ce moment-là, le compositeur du XVIIe siècle éprouve une pitié infinie à l'égard de la fillette tenant encore à la main l'effigie d'un frêle étudiant, il recule et se tourne vers le buffet que les Éthiopiens encerclent, tel un diadème noir.

« Non, ne remets pas ton masque, lui intime sa grand-mère, va dans ta chambre, choisis-toi une robe, ajoute un peu de couleur à ton visage comme tu l'as fait au masque, puis reviens goûter la nourriture magnifique qui n'arrête pas de s'amonceler sur la table. Tu n'as presque rien mangé depuis ce matin. »

Rachele retourne à sa chambre, se défait de sa tenue de sport et hésite entre les quatre robes mais, brusquement, elle est saisie de frayeur et, telle quelle, en sous-vêtements, elle éteint la lumière et se pelotonne sous l'épaisse couverture, comme si elle espérait que la chaleur chasserait son inquiétude. Et certes, aucun bruit de la réception ne lui parvient ici. Lui revient à l'esprit son *Cuore* que l'Éthiopienne a déposé hier près de son lit, et elle cherche à tâtons l'ouvrage, le glisse sous la couverture, l'embrasse dans l'obscurité et songe à sa maîtresse, qui lui a demandé non seulement d'en finir la lecture interrompue mais aussi de choisir une autre histoire et de comparer les deux récits. Elle rallume la lampe, feuillette les pages, et s'arrête sur « Le petit écrivain florentin », le jeune homme qui recopiait, chaque nuit, des adresses afin d'aider son père à son insu :

Malgré tout, il se leva encore cette nuit-là, plutôt par habitude. Quand il fut levé il voulut revoir, pendant quelques minutes, dans le silence de la nuit et pour la dernière fois, ce petit cabinet de travail où il avait tant travaillé secrètement, le cœur plein de satisfaction et de tendresse. Lorsqu'il se retrouva en face du bureau, la lampe allumée, qu'il vit les bandes blanches sur lesquelles il n'écrirait plus jamais, ces noms de villes et de personnes qu'il connaissait par cœur, il fut pris d'une grande tristesse, et, sans s'en rendre compte, il saisit la plume pour reprendre l'ouvrage commencé. Mais, en étendant la main, il heurta un livre qui tomba à terre. Il eut un soubresaut de terreur. Si son père s'éveillait ! Certes, il ne l'aurait pas surpris commettant une mauvaise action, lui-même était décidé à tout lui dire ; et cependant, entendre son pas dans l'obscurité, être surpris à cette heure avancée de la nuit, au milieu de ce silence ;

sa mère qui se réveillerait sans doute, effrayée, et surtout en pensant que pour la première fois son père pourrait être humilié devant lui. Il se sentait tout tremblant.

Giulio tendit l'oreille, le souffle suspendu aux lèvres. Il n'entendit pas le moindre bruit. Rien ! Toute la maison dormait. Son père n'avait rien entendu. Il se tranquillisa, se remit à écrire et les bandes s'entassèrent sur les bandes. Tout entier à son travail, il ne songeait ni aux pas cadencés des gardes qui passaient dans la rue déserte, ni au bruit qui cessa des voitures et des charrettes qui marchaient lentement en faisant trembler les vitres. Il se fit enfin un profond silence, que rompait de temps à autre l'aboiement lointain d'un chien. Et Giulio écrivait, écrivait toujours.

Son père, cependant, était derrière lui. Il s'était levé en entendant le livre tomber et avait attendu un moment propice pour aller jusqu'au cabinet de travail. Le bruit des charrettes avait couvert le bruit léger de ses pas. Oui, il était là, sa tête blanche au-dessus de la tête brune de son fils. Il voyait courir la plume sur les bandes et avait tout compris, certains détails échappés à sa mémoire lui revenaient soudain avec un regret profond d'avoir douté de son fils. Une tendresse extrême débordait de son cœur et le tenait cloué là, ému et palpitant, derrière son enfant. Tout à coup Giulio lança un cri : deux mains serraient convulsivement sa tête.

« Oh ! Papa, papa, pardonne-moi, pardonne-moi, s'écria-t-il, reconnaissant son père à ses sanglots.

— Pardonne-moi, toi, mon Giulio chéri, répondit le père, en couvrant de baisers et de larmes le front de l'enfant. J'ai tout compris, je sais tout, et c'est moi, moi qui te demande pardon, mon fils bien-aimé ; viens, viens avec moi[1]. »

1. Extrait du *Livre-Cœur (Cuore)*, *op. cit.*

14.

Salvatore Novarese ne se contente pas de l'effigie de l'ancien compositeur, mais il souhaite aussi donner un aperçu de ses talents musicaux, aussi, bien vite, il se met au piano et commence à jouer une *canzone* du compositeur baroque qu'il a décidé d'incarner, afin de prouver à ses amis que, malgré ses préoccupations médicales, il maîtrise les œuvres de son sosie. Dès lors, les invités se voient contraints de patienter jusqu'à ce que le praticien épuise son ardeur musicale avant de profiter de l'occasion de le consulter, chacun à son tour, en matière de déboires sanitaires privés.

Et ainsi, entre mélodies au piano et conjectures médicales, la soirée s'écoule agréablement, jusqu'à ce que, aux environs de minuit, les invités fassent leurs adieux à leur hôtesse avec force embrassades et vœux de bonne santé pour le Nouvel An qui surviendra dans deux jours, mais la grand-mère, tenant encore en main un verre en cristal de vin rouge, qui, même les jours ordinaires, fait son apparition dès le coucher du soleil, n'est pas pressée de regagner sa couche. Elle se résout donc à liquider à la racine le désordre laissé dans sa demeure, et elle ordonne au porte-parole des Éthiopiens, sommeillant entre marmites et poêles, de réveiller ses semblables pour rétablir l'ordre dans la maisonnée. Et de tous les recoins de la vaste demeure affluent des Éthiopiens de tous âges, ramassant d'abord les masques abandonnés et les enfouissant dans un grand sac, ensuite débarrassant les assiettes et les verres, rassemblant les serviettes sales et plaçant les chaises sur les tables avant de balayer et d'éponger le sol. Entre-temps, la grand-mère essaie de se souvenir, dans les vapeurs de sa griserie, si l'une des robes achetées place San-Marco s'est montrée, à la fin, au milieu des invités ou si ces robes sont restées uniquement un vœu pieux. Et tandis que les nappes et les serviettes vibrionnent dans la machine à laver, elle s'épouvante à la pensée bizarre que Rachele, excitée par le masque qu'elle a réalisé, ait pu s'échapper à travers les ruelles de la vieille ville afin de sidérer les touristes avec les papillotes d'un jeune homme sorti du Ghetto. Aussitôt, elle se rue dans la chambre, où planent les quatre robes face à l'étudiant talmudique jeté à terre à côté de *Cuore* ouvert. « Qu'est-ce qui t'est arrivé ? » La grand-mère relève la couverture et serre sa petite-fille contre son cœur. « Pourquoi t'es-tu sauvée de la fête ? » Et des vestiges de ses rêves, la colère de la fillette se déchaîne contre cet individu-là qui, sans révéler son visage, a exigé d'elle de se montrer forte et de tenir le coup.

La grand-mère, qui comprend l'ampleur du choc que le directeur d'hôpital a causé à sa petite-fille, tente de la rassurer : « C'est vrai, il a commis une erreur en exigeant de toi d'*être* forte, car quiconque te connaît sait à quel point tu es *déjà* forte. Mais peut-être que ton masque l'a abusé et l'a incité à croire que tu n'es qu'une petite juive faible et non une jeune fille pugnace et intelligente. »

Peu à peu, Rachele se rassérène et, malgré l'heure tardive, elle sent qu'elle s'est endormie le ventre vide et demande s'il reste quelque chose des merveilleux mets de la réception. Or, en effet, un assortiment l'attend dans la cuisine mais, comme on continue à nettoyer et à ranger là-dedans, il vaut mieux que sa grand-mère choisisse pour elle un premier échantillon. « Très bien, confirme Rachele, mais fais attention, Grand-Mère, ne m'apporte pas des plats de viande.

— Qu'est-ce qu'il y a de mal dans la viande ?

— Ça dépend de la viande. Nous, les élèves du cours d'hébreu, nous avons promis à notre maître, le rabbin Azoulay, qu'au moins jusqu'à la bat-mitsva on respecterait la *cachrout* et toi, Grand-Mère, bien que tu sois une juive que les Allemands ont voulu assassiner, tu ne seras jamais capable de faire la différence entre *cacher* et non-*cacher*, et je sais bien que ça n'est pas facile de distinguer, parce que en Italie, même à un simple petit pain on ajoute de la graisse de porc.

— De la graisse de porc dans un petit pain ? s'étonne la grand-mère. Pourquoi donc ?

— Pour qu'il soit plus savoureux, c'est ce que le rabbin nous a expliqué. »

Grand-Mère s'esclaffe : « C'est un rabbin bizarre, votre rabbin, s'il connaît le goût d'un petit pain qu'il n'a jamais mangé…

— Non, il n'est pas bizarre, mais curieux, et il été envoyé en Italie parce qu'à Jérusalem on ne lui a pas trouvé d'épouse. Mais c'est un rabbin sympa, pas du tout rigoriste, puisqu'il ne se soucie pas, par exemple, que Marta, que les bonnes sœurs convertissent chaque jour au Sacré-Cœur, participe avec nous aux cours d'hébreu.

— Mais qu'adviendra-t-il après ta bat-mitsva ? la titille sa grand-mère. Est-ce que le rabbin autorisera ses élèves à manger des petits pains à la graisse de porc ensuite ?

— Après la bat-mitsva, chacune décidera selon sa conscience, répond démocratiquement Rachele.

— Et toi, ma chérie, que décideras-tu ?

— Pour le moment, j'en suis à réfléchir, mais je n'ai pas encore décidé.

— Dans ce cas, mets un peignoir, rends-toi dans la cuisine, et décide par toi-même ce qui est à la fois savoureux et *cacher*. »

De leur côté, les Éthiopiens, qui ont achevé leur besogne mais qui ignorent s'ils ont la permission d'aller se coucher, observent, intrigués, la jeune fille en train de choisir ses mets. Et alors qu'ils peinent à comprendre la logique de sa sélection, Rachele amasse tous les aliments carnés sur un plateau et le leur tend avec une sensation de soulagement.

À son retour dans sa chambre, elle trouve sa grand-mère endormie sur son lit, *Cuore* reposant sur sa poitrine. Rachele prend soin de ne pas la réveiller. Elle pose le plateau sur ses genoux et mange en silence des fromages, des *conchiglie* truffés de ricotta et d'épinards, des mini-pizzas rougeâtres, des *cantuccini* croustillants à l'extérieur et moelleux à l'intérieur et, tout en dégustant, elle scrute les traits de l'endormie sur lesquels le maquillage, resplendissant en début de soirée, s'est transformé en plaques grises, et les sourires qu'elle dispensait généreusement à ses invités, pendant la nuit, ont creusé ses rides. Si tout le monde prétend, songe tristement Rachele, que je ressemble à ma grand-mère juive, et non à ma grand-mère qui ne croit en rien, à la fin, le résultat sera que, même si elle était belle, moi aussi je serai ridée comme elle et, au moment précis où elle se demande s'il lui reste de l'appétit pour un plateau supplémentaire, Grand-Mère ouvre les yeux et loue les dimensions du lit arrivé ici de l'ancienne maternité de l'hôpital où il était de coutume de laisser le nouveau-né près de la parturiente et non de le coucher dans un berceau. C'est sans doute à cause de ce lit merveilleux que ses hôtes prolongent leur séjour chez elle. « Mais pourquoi une collégienne lit encore un ouvrage aussi puéril que *Cuore* ?

— C'est vrai, il est puéril, reconnaît Rachele, et, en fait, nous l'avons déjà lu en primaire. Mais notre maîtresse est en congé maternité et, à sa place, on nous a envoyé une vieille institutrice à la veille de la retraite, et elle a décidé, en l'honneur de Noël, de nous lire des histoires tirées de *Cuore*, pour nous rendre, c'est comme ça qu'elle a dit, plus humains, l'an prochain.

— Plus humains, l'an prochain ? s'étonne Grand-Mère. Comme c'est beau ! Et c'est la raison pour laquelle tu lis ce livre en ce moment ?

— Ce n'est pas à cause de l'humanité mais à cause de cette maîtresse, parce que pendant qu'elle nous lisait le conte "L'infirmier de tata", un élève de la classe supérieure est arrivé pour me dire de rentrer chez moi sans passer par le bureau de Grand-Père, parce que Papa n'était pas encore revenu. Et alors, cette maîtresse, qui m'aime bien, m'a demandé de finir moi-même la lecture et de lire un autre conte, et, pendant les vacances, d'aller chez elle pour lui dire ce que je pense de ces histoires.

— Et tu vas vraiment y aller ?

— Sûrement pas ! Il n'y a aucune raison. Cette maîtresse ne va plus nous enseigner, qu'est-ce que j'ai à lui dire ? Même si cette maîtresse m'aime beaucoup.

— Comment le sais-tu ?

— Parce qu'elle me laisse toujours répondre la première quand je lève le doigt, même quand elle est en train de parler et que je lève le doigt par hasard, elle s'interrompt et me donne la parole. Et tu sais, elle m'a noué une espèce de ruban en soie autour du poignet pour que je me rappelle que je dois lui rendre visite.

— Vraiment ? Montre-moi.

— Tiens, regarde, je ne l'ai pas encore enlevé, fait Rachele en montrant son poignet.

— Non, ne l'ôte pas, ma chérie. Va la voir.

— Mais pourquoi ? Elle ne sera plus notre maîtresse.

— Aucune importance. Si elle t'aime, va la voir et parle-lui des histoires que tu as lues. Ne la déçois pas.

— Mais comment je vais la trouver au juste ?

— Comment s'appelle-t-elle ?

— Emilia.

— Emilia quoi ?

— Emilia Gironi.

— Je vais te la trouver, et tu vas aller la voir, et demande-lui aussi qu'elle te parle de ses anciens élèves dont le père ou la mère a été très malade et qui, pourtant, ont tenu le coup.

— Et pour les histoires ? Qu'est-ce que je vais bien pouvoir lui raconter ?

— Termine la deuxième histoire que tu as déjà commencée, et réfléchis à ce qu'elle a en commun avec "L'infirmier de tata", et en quoi les deux sont différentes.

— C'est pas facile.

— Il y a toujours quelque chose à dire sur des histoires.

— Mais comment tu vas pouvoir la trouver ?

— Je vais te la trouver.

— Et qu'est-ce que je vais en tirer ?

— On apprend toujours quelque chose d'une vieille institutrice.

— Mais fais attention, Grand-Mère, même si tu la trouves par hasard, ne lui promets rien à ma place. Je déciderai toute seule si je vais la voir ou pas.

— D'accord. Je ne ferai aucune promesse sans que tu m'en donnes l'autorisation. Et maintenant, permets-moi de te couvrir, et c'est bien que tu aies gardé tes chaussettes, comme ça, si la couverture glisse pendant la nuit, la chaleur, elle, ne s'en ira pas.

— Minute, Grand-Mère, encore une chose. Ne sois pas surprise de constater que les aliments à la viande que tu as laissés dans la cuisine ont disparu.

— Comment ça, ils ont disparu ?

— Je les ai donnés à tes Éthiopiens.

— Aux Éthiopiens ? Pourquoi ?

— Tu as dit qu'ils n'étaient ni chrétiens ni musulmans, et que les Éthiopiens juifs avaient été transférés en Israël, et donc ceux qui sont restés pour t'aider ne sont que des Éthiopiens qui croient aux esprits et aux étoiles, et les esprits et les étoiles ne se préoccupent pas de ce qui est *cacher* ou pas.

— Le rabbin de Jérusalem t'a tourné en bourrique », s'esclaffe la grand-mère en éteignant la lampe et en quittant la chambre.

Mais Rachele rallume afin d'achever la lecture du « Petit écrivain florentin » :

Il le souleva de sa chaise ou plutôt le porta sur le lit de sa mère éveillée, le jeta dans ses bras et lui dit :

« Embrasse ce fils dévoué qui depuis quatre mois ne dort plus et travaille à ma place ; je l'accusais, tandis qu'il gagnait du pain pour sa famille ! »

La mère le serra contre son cœur sans pouvoir tout d'abord prononcer une parole ; puis, quand elle l'eut bien embrassé : « Au lit, tout de suite, enfant, va dormir, va te reposer ! Porte-le dans son lit. »

Le père prit Giulio dans ses bras et le porta dans sa chambre, le mit au lit tout en le caressant avec amour, borda les couvertures, arrangea les oreillers : « Merci, papa, merci, disait l'enfant, mais va te coucher aussi : je suis content, bonne nuit, papa ! »

Le père voulut absolument le voir endormi. Il s'assit au chevet du lit de son fils, lui prit la main en disant : « Dors, dors, mon ange. »

Giulio exténué s'endormit, et dormit longtemps, jouissant enfin, depuis plusieurs mois, d'un sommeil tranquille, illuminé de rêves heureux. Quand il rouvrit les yeux, le soleil resplendissait déjà depuis quelques heures, et il sentit tout près de lui, appuyée contre le bord du lit, la tête de son père, qui avait passé la nuit ainsi ; il s'était endormi heureux du repos de son fils ![1]

1. Extrait du *Livre-Cœur (Cuore)*, *op. cit.*

15.

Rachele rejoint dans son assoupissement d'une douceur infinie le fils et le père du récit de De Amicis. Et ce n'est que tard dans la matinée que la grand-mère se penche sur son incarnation juvénile pour lui annoncer que son père a décidé de renoncer au réveillon du Nouvel An en montagne et que Paolo s'apprête à partir chercher ses parents, pour les conduire non pas à la maison, mais ici. « Si ton père est disposé à renoncer au réveillon à l'hôtel, cela signifie qu'il a épuisé toute son énergie et c'est la raison pour laquelle je lui ai proposé de venir se reposer ici avant de retourner chez lui.

— Tu as bien fait, la félicite Rachele, et, de mon côté, je vais lui laisser mon lit d'accouchée pour que le sommeil le prenne dans ses bras comme il m'a prise cette nuit, et pour moi, tu me trouveras bien un autre lit.

— Mais pas ici.

— Pas ici ? Et où alors ?

— Je t'ai trouvé, ma chérie, la maîtresse qui, en effet, t'aime beaucoup. Elle était aux anges d'apprendre que tu viendrais bavarder avec elle.

— Quoi ? Tu as eu le temps de la trouver si vite ? Et pourquoi tu lui as promis que je viendrais ? Je t'avais bien dit de ne rien lui promettre jusqu'à ce que je décide si j'ai envie ou pas de lui rendre visite.

— Mais, Rachele, cette institutrice est vraiment charmante, elle était si heureuse quand je l'ai informée que tu désirais lui rendre visite.

— Qu'elle se réjouisse autant que ça lui chante, mais moi, je n'éprouve aucune joie à aller la voir.

— Pourquoi ?

— Je te l'ai déjà expliqué : c'est une vieille maîtresse dont je ne suivrai plus jamais les cours.

— Pourquoi dis-tu tout le temps une "vieille maîtresse" ? Regarde-moi, je suis plus vieille qu'elle, et même si elle ne t'enseignera plus, elle peut tout à fait te guider sur la manière de te conduire quand ton père sera hospitalisé.

— Je ne saisis pas comment tu as réussi à la trouver.

— J'ai téléphoné à ta directrice, qui m'a donné son téléphone et son adresse, et elle aussi m'a affirmé qu'elle n'enseignerait plus. Votre institutrice va revenir de son congé maternité.

— C'est exactement ce que je t'ai expliqué, et donc qu'est-ce que j'ai à gagner d'une visite chez elle ?

— Comment ça "Qu'est-ce que j'ai à gagner" ? Quelle idée désagréable et mesquine ! Au contraire, vas-y et discute avec elle, tu es une enfant sérieuse et sensée. Toi, tu vas apprendre d'elle, et elle de toi.

— Qu'est-ce qu'elle peut bien apprendre de moi ?

— On apprend toujours quelque chose des autres, et, tiens, moi-même, tu m'as appris des choses sur les juifs que j'ignorais, et sur ce rabbin qui cherche une épouse en Italie et qui sait que nos petits pains contiennent de la graisse de porc. Viens, mon enfant chérie, allons, ma douce, lève-toi, habille-toi, prends ton petit déjeuner et prépare-toi pour la route.

— La route pour où ?

— Ta maîtresse.

— Maintenant ? Aujourd'hui ? Y a pas le feu !

— Oui, mais madame Gironi part demain en Sicile rendre visite à sa sœur, et jusqu'à ce qu'elle revienne, tu auras oublié les contes que tu as lus.

— Papa et Maman vont rester dormir ici, et tu veux que j'y aille, puis que je revienne ? Tu sais bien que je n'irai pas dormir chez nous, il n'y a personne à la maison.

— Tu n'as pas besoin de revenir ici ni de dormir seule. J'ai parlé avec grand-père Ernesto, il viendra te chercher chez ta maîtresse et, pendant la nuit, tu seras en compagnie de ta deuxième grand-mère, que tu aimes tant, et tu bavarderas avec le perroquet qui t'attend chez elle.

— J'y crois pas, s'écrie Rachele, les larmes aux yeux, tu as déjà tout manigancé, tu t'es renseignée sur tout, même sur le perroquet qu'on m'a offert ! Pourquoi ? Qu'est-ce que je t'ai fait ? Pourquoi t'es-tu précipitée ? Je t'avais pourtant avertie que je déciderais, uniquement si j'en avais l'envie, de rencontrer cette vieille maîtresse qui ne m'enseignera plus... Pourquoi, alors que je dors en toute innocence, tu me chamboules l'existence ?

— Je ne la chamboule pas. Je la renforce.

— Encore une fois, ce "renforcer" ? On n'en sort pas ! Pourquoi me renforcer ? Toi-même, hier encore, tu m'as dit que j'étais suffisamment forte.

— Tu es très forte, mais on peut toujours être plus fort. Mais pourquoi pleures-tu ? Ton père sera content d'apprendre que tu vas prendre des forces auprès d'une maîtresse qui t'aime autant et croit en toi.

— Comment sais-tu que Papa sera content ?

— Parce que c'est moi qui l'ai mis au monde, et toi-même tu as fait le trajet jusqu'à la montagne pour voir l'endroit où je l'ai enfanté.

— Et alors ? Qu'est-ce que ça change que tu l'aies enfanté ?

— Que je sais toujours ce qu'il ressent et ce qu'il désire. »

À trois heures de l'après-midi, le bateau à moteur que Paolo a réservé est amarré à un poteau devant la maison de Grand-Mère, et le marin tend les bras pour accueillir la fillette qu'un Éthiopien âgé, mais robuste, soulève vers lui. Le marin l'installe avec précaution à l'avant de l'embarcation et, bien qu'elle porte un manteau, il l'enveloppe dans une épaisse couverture en fourrure. Et cette fois en silence, sans musique ancienne ni moderne, l'embarcation manœuvre sans hésitation entre les vagues, traversant le petit golfe pour rejoindre le port.

Et malgré les cieux dégagés, l'Éthiopien se hâte d'ouvrir un parapluie au-dessus de la tête de sa protégée, et une fois à la gare, lui achète un billet aller jusqu'à sa ville natale et, pour lui-même, un aller et retour. Et après que le sac de Rachele a trouvé sa place sur le porte-bagages au-dessus de leurs têtes, l'Éthiopien sort de sa poche une feuille de papier détaillant la liste des gares que le train doit traverser et le nom du terminus noté à l'encre rouge et en majuscules.

Rachele a emprunté ce train à plusieurs reprises, et elle saurait reconnaître sa ville natale ; pour autant, elle se tient à sa place en silence afin de faciliter la tâche vigilante de son cicerone. Cet homme vigoureux, de l'âge de son père, arbore une chevelure grise ajoutant une aura séduisante à son teint bruni. S'il ne se montrait pas aussi attentif aux gares défilant devant eux, elle aurait peut-être tenté de l'interroger sur la nature du dieu des esprits, et sur ce qu'il exige de ses fidèles, mais elle craint que son italien ne le prenne en défaut et ne le confonde, d'autant que son propre esprit est entièrement accaparé par la mission qui lui a été assignée, la preuve, le train vient à peine de quitter la gare précédant la sienne, qu'il se dresse, se hâte d'épauler le sac de Rachele, et lui lance un regard mi-implorant, mi-menaçant.

En chemin vers la station de taxis, il tient à la main l'adresse de l'institutrice et, sous un ciel toujours dégagé, il protège encore une fois sa protégée sous un parapluie, peut-être à cause d'un esprit invisible que lui seul peut repérer. Le chauffeur de taxi se demande certainement si cette jeune fille délicate et belle, que l'Africain installe sur la banquette arrière de sa voiture, n'a pas été kidnappée, c'est pourquoi Rachele s'empresse de le rassurer à haute voix et dans le dialecte local : « Ne vous inquiétez pas, monsieur, nous ne faisons qu'aller rendre visite à notre maîtresse en l'honneur du Nouvel An. » Et voilà que surgissent, d'un angle inattendu, les trois campaniles du Duomo dont le nom demeurera gravé à jamais en Rachele.

L'Éthiopien ne se contente pas de repérer l'immeuble, il accompagne la fillette jusqu'au troisième étage et, avant d'appuyer sur la sonnette, pour être sûr que quelqu'un est bien là pour accueillir l'objet de sa mission, il vérifie encore et encore que le nom sur la porte correspond à celui inscrit sur sa feuille. Mais comme Grand-Mère a oublié d'avertir la maîtresse de maison que son élève ne viendrait pas seule, l'institutrice ouvre sa porte en robe légère et chevelure dénouée qui lui donnent un aspect juvénile, elle a un geste de recul devant ce colosse africain voulant pénétrer par effraction chez elle, et elle lui aurait peut-être claqué la porte au nez, si Rachele n'avait surgi derrière lui et rassuré sa maîtresse : « Non, maîtresse, c'est juste quelqu'un qui m'a chaperonnée jusque chez vous. »

L'appartement est quelque peu exigu et vétuste. L'Éthiopien, comprenant que sa mission a pris fin, hésite encore à s'en aller tout de suite. Et même si, dans un instant, il va sûrement être invité à goûter au panettone trônant dans le petit salon, il se résout et incline la tête pour partir en un geste signifiant à la fois un merci et un refus et, dans un italien précis, explique à l'hôtesse que les parents de Rachele vont bientôt arriver en bord de mer et qu'il doit donc s'en retourner rapidement afin de préparer leur accueil. Alors, il se souvient de se défaire du sac, le pose lentement près de la porte, puis les quitte.

« Ta grand-mère a embauché un aide africain ? s'étonne la maîtresse.

— Non, mais comme tous les employés de ma grand-mère sont partis en vacances de Noël, il lui a été envoyé de la part d'un ami, uniquement pour les fêtes de fin d'année.

— Comment s'appelle-t-il ?

— Comment je le saurais ?

— Tu as passé une heure en train avec lui sans lui demander son nom ?

— Parce que je ne savais pas s'il comprendrait ma question.

— Eh bien, tu viens de constater qu'il comprend et parle l'italien.

— C'est exact, et je regrette vraiment de ne pas lui avoir parlé, pas pour lui demander son nom, mais parce que, selon ma grand-mère, son dieu éthiopien ne se cache pas au plus profond du ciel, comme le nôtre, les juifs et les chrétiens. Leur dieu plane tout près de la Terre, en compagnie des esprits, et peut-être qu'il m'aurait expliqué comment ça se passe en réalité. »

L'institutrice observe son élève en souriant. « En effet, on m'a dit dans la salle des profs que tu t'occupais tout le temps de Dieu, et que, de ce fait, il convenait que tu représentes la Madone pendant le spectacle, mais ton père y a mis le holà.

— Parce qu'il croit que je vais confondre la représentation et la messe. Vous aussi, vous pensez qu'on peut confondre comme ça ?

— Tout dépend de l'acteur, sourit la maîtresse, uniquement de l'acteur, précise-t-elle en coupant une large tranche du gros gâteau tout en proposant de le coiffer de mascarpone.

— Comment avez-vous su que j'aime la crème sur mon panettone ? s'étonne Rachele.

— Parce que je t'ai aperçue à la pâtisserie demander qu'on ajoute de la crème…

— La pâtisserie ? s'affole Rachele. Laquelle ?

— Via Garibaldi, près de l'école.

— Bizarre, marmonne Rachele. Je n'ai pas vu que vous vous trouviez là.

— Aucune importance, ma douce, peu importe que tu m'aies vue, ce qui importe, c'est que tu aies fini de lire l'histoire interrompue et que tu sois venue me raconter ce que tu en as pensé en comparaison de la seconde que tu as choisie toi-même, "Le petit écrivain florentin".

— Pardon, comment savez-vous que j'ai choisi "Le petit écrivain florentin" ?

— Ta grand-mère me l'a dit, et elle aussi l'a lue pendant ton sommeil, et même, elle a pleuré un peu à la fin.

— Elle a pleuré à cause de l'enfant écrivain ? s'étonne Rachele. Ma grand-mère ? Incroyable ! Je n'aurais jamais cru qu'elle soit capable de pleurer à cause de quelqu'un.

— Eh bien, tu vois, Rachele, cette fois, ta grand-mère a pleuré, et c'est pourquoi elle désirait tant que tu viennes voir une vieille institutrice comme moi, qui ne te fera plus cours, afin que tu me donnes tes impressions sur ces récits, et elle m'a aussi demandé d'évoquer avec toi autre chose… »

Rachele ne dit mot, perplexe, puis fixe la maîtresse et lâche : « Bon, si vous trouvez important ce que je pense, eh bien, pour ma part, "L'infirmier de tata" est bien meilleur que "Le petit écrivain florentin".

— Pour quelle raison ?

— Parce que c'est vrai que Cicillo s'est trompé avec un malade inconnu en pensant que c'était son père, mais ce n'était pas uniquement sa faute. Les infirmières et les médecins auraient pu lui signaler son erreur, mais ils l'ont laissé faire. Et si tous ont cru qu'il s'occupait d'un malade inconnu uniquement parce qu'il croyait que c'était son père, on constate que ce n'est pas le cas. En effet, lorsque son véritable père arrive, en bonne santé, et qu'il se précipite sur lui avec des étreintes et des baisers, et qu'il a compris que l'agonisant n'était pas son père, il demande pourtant l'autorisation de rester à son chevet. Et quand son père lui accorde son autorisation, les médecins le félicitent de ce qu'au lieu de rentrer dans son village et de se réjouir avec son père, il préfère rester à l'hôpital jusqu'au décès d'un parfait inconnu. C'est la raison pour laquelle j'ai beaucoup aimé le Cicillo de l'histoire et, soit dit en passant, maîtresse, vous vous êtes trompée, l'élève que la directrice a envoyé pour me convoquer pendant votre cours ne s'appelle pas Cicillo mais Enrico.

— Oui, je le sais, ma chérie. Mais il m'arrive parfois de donner exprès les noms de héros de récits à mes élèves, afin qu'ils sentent que les personnages des histoires sont tout aussi réels qu'eux. Encore une tranche ?

— Plus tard, peut-être.

— Mais pourquoi Giulio, le petit écrivain, ne t'a pas plu ?

— Parce qu'il a trompé son père et l'a contrarié.

— Pourquoi contrarié ? Il l'a aidé.

— Mais il n'avait pas la permission de son père de l'aider. Et parce qu'il se levait la nuit sans permission et travaillait, il négligeait ses études, ce qui faisait beaucoup souffrir son père.

— Mais s'il désirait aider son père, parce qu'il voyait ses difficultés, comment aurait-il pu l'aider autrement ?

— C'est très simple. Il aurait pu lui dire : "Papa, je vais t'aider", et après avoir fini ses leçons, il pouvait travailler une heure pendant la soirée et copier les adresses sur les bandes d'expédition. Comme ça, cela aurait été avec sa permission et sans tromperie.

— Sauf qu'il craignait peut-être que son père n'accepte pas. Que son père soit offensé que son fils travaille pour lui.

— Dans ce cas, c'était le problème du père et pas de Giulio. Après tout, son écriture ressemblait vraiment à celle de son père. C'est pourquoi son père aurait dû accepter. Mais il ne l'a pas proposé à son père, il se levait nuit après nuit, avait de mauvaises notes à l'école à cause de la fatigue, et s'il n'avait pas laissé tomber un livre par erreur, son père aurait continué à dormir et ne se serait pas aperçu que son fils travaillait à sa place, et il aurait continué à penser que lui-même était excellent, et son fils paresseux.

— C'est ce que tu as pensé en lisant cette histoire ?

— Je le pense encore. C'est bien que le livre soit tombé au beau milieu de la nuit et qu'il ait réveillé le père de Giulio. Parce que Giulio s'est mal conduit, et ma grand-mère a eu tort de pleurer à cause de lui, du moins, si elle a vraiment pleuré… »

Avec un léger sourire, la *signora* Gironi examine les traits enfiévrés de son élève.

« Très bien, tu sais réfléchir.

— J'essaie, murmure-t-elle en rougissant, mais j'ai parfois du mal.

— J'en ai conscience, répond l'institutrice. Veux-tu maintenant une autre tranche ?

— Oui, mais petite.

— Et cette fois aussi, avec du mascarpone ?

— Si possible. »

La maîtresse couronne la tranche d'une crème blanche et chuchote : « Ta grand-mère m'a dit que ton père était un peu malade.

— Parce qu'on lui a trouvé une sorte de supplément dans la tête.

— Un supplément ?

— C'est comme ça que je l'appelle, je veux dire, quelque chose en plus.

— Comme chez le père d'Andrea.

— Quel Andrea ?

— L'élève assis à la table la plus proche de la porte.

— Andrea Bolzano ?

— Oui, Bolzano.

— Il n'a jamais parlé de son père.

— Parce que c'est un garçon courageux qui ne se plaint jamais. Sa mère est souvent hospitalisée, et c'est lui qui prend son petit frère au jardin d'enfants, le ramène à la maison et s'en occupe. Et aussi, la mère d'Enrico, le garçon qui a été envoyé te prendre pendant le cours, est très malade depuis une année. Il ne t'en a pas parlé ?

— L'élève que vous nommez Cicillo ?

— En effet.

— Il ne m'a rien dit. Il m'a paru au contraire joyeux et content.

— Parce qu'il sait surmonter sa peur et sa tristesse. Il n'a même pas demandé de facilité de la part de l'école. Il n'est jamais en retard et ne paresse pas, il prépare toujours ses devoirs à la maison. Son enseignante n'a que des éloges à faire à son propos. Des élèves de ce genre, j'en ai eu beaucoup pendant mes longues années d'enseignement. Des élèves dont, nous, les enseignants, nous savions que la situation chez eux était très difficile et qui, pourtant, tenaient le coup.

— Même ceux qui sont devenus des orphelins…

— Oui, ma chérie, même ceux-là. »

Les rayons du soleil couchant lèchent l'ivoire de la crème étalée sur la tranche de gâteau, et Rachele pioche avec entrain, à travers la couche blanche, dans la dorure brunie, éprouvant de la gratitude à l'égard de l'institutrice l'escortant d'élèves courageux qui, bien que leurs parents soient malades, voire décédés, ne désespèrent pas. Et alors, retentit une sonnerie éraillée, puissante, d'un téléphone ancien, dont la maîtresse soulève le combiné.

« C'est ton grand-père, il veut te parler. »

La voix de grand-père Ernesto semble brouillée et lointaine. D'abord, il s'intéresse à la visite auprès de l'institutrice. « Tout va bien, Grand-Père, j'explique à la maîtresse ce que je pense des histoires de *Cuore* que Grand-Mère m'a acheté. »

Or, il s'avère que Grand-Père et Grand-Mère sont invités chez la sœur de Grand-Mère dans une ville proche, et qu'ils attendent d'autres invités du village voisin qui se joindront au dîner, c'est la raison pour laquelle Grand-Père désire savoir si Rachele aurait la patience d'attendre deux heures et demie, jusqu'à ce qu'on vienne la prendre, ou si elle souhaite qu'ils renoncent au dîner et qu'ils se mettent en route immédiatement. « Dans deux heures et demie ? s'affole Rachele. Si tard ? Qu'est-ce que je vais faire pendant ce temps ? » Mais Grand-Père ne renonce pas facilement : un dîner avec de vieux amis qui vont se déplacer du village voisin le ravit, aussi souhaite-t-il savoir si la maîtresse pourrait accueillir son élève deux heures de plus.

« Dis-leur, répond l'institutrice, que, de mon point de vue, ils peuvent prendre tout leur temps, et toi, tu peux rester ici autant que tu voudras. Nous avons encore beaucoup de choses à nous raconter.

— Mais ce ne sera pas trop tard pour vous ?

— Non. Je vais me coucher tard, mais toi, tu seras peut-être fatiguée.

— C'est vrai, je me sens déjà fatiguée.

— Dans ce cas, tu pourrais tout à fait dormir ici, et ainsi, tes grands-parents auront davantage de temps à passer avec leurs amis.

— Dormir ici ? s'effraie Rachele. Comment ça ? Vous avez de la place ?

— Bien sûr. Laisse-moi parler à ton grand-père. »

Grand-Père et Grand-Mère se montrent enchantés par la proposition. Ainsi ne seront-ils pas bousculés. Rachele a un pyjama, des sous-vêtements et des affaires de toilette dans son sac. Si elle accepte de dormir chez sa maîtresse, ils seront pleins de gratitude à l'égard de cette dernière.

« Mais, et le perroquet ? s'inquiète Rachele.

— Il ne va pas s'envoler. Il t'attendra demain. »

Rachele examine le minuscule appartement, avec un air soucieux. À vrai dire, elle ne voulait pas débarquer ici, ne fût-ce que pour une brève visite, et voilà qu'elle est obligée de dormir là. Sauf que, justement, la voilà un peu séduite par l'appartement modeste et vétuste de sa maîtresse, si différent des vastes demeures somptueuses de sa famille et de ses proches.

Elle montre à son élève la chambre qui fut celle de sa fille avant qu'elle ne s'installe en Angleterre. La chambre est aussi étriquée que les autres pièces du logis, mais ordonnée et propre, et le lit est large et recouvert d'un dessus-de-lit fleuri. Sur le mur au-dessus du lit un dessin aux dimensions impressionnantes : un garçon à la chevelure dorée escalade, seul, une montagne face à l'aurore.

« Pourquoi votre fille est allée habiter en Angleterre ?

— Elle en avait toujours rêvé et, lorsqu'elle a eu sa fille et s'est séparée de son compagnon, elle n'a pas voulu renoncer à son projet.

— Et vous allez voir votre petite-fille ?

— Pas souvent, pas assez, parce que je ne parle pas l'anglais, et ma petite-fille ne comprend pas l'italien.

— Et pourquoi vous n'apprenez pas l'anglais ?

— J'ai essayé, mais l'italien a plongé des racines si profondes et si tenaces en moi qu'il expulse toute autre langue.

— Pourquoi ? Voyez, moi, j'apprends l'hébreu, et mon italien l'aime beaucoup.

— Où apprends-tu l'hébreu ?

— Chez un maître, un rabbin qu'on nous a envoyé de Jérusalem, pour moi et d'autres filles. Vous savez, maîtresse, que l'hébreu, on l'écrit à l'envers, de droite à gauche, et que les lettres aussi sont différentes ? Si vous voulez, je peux vous les écrire ou, encore plus simple, vous réciter une prière en hébreu pour que vous sentiez comment cette langue est prononcée.

— Parfait. À condition que tu m'expliques aussi le sens des mots que tu chantes. »

Rachele se lève et se place, l'air solennel, près de la fenêtre et, face au crépuscule, elle commence à psalmodier la prière préparée en vue de sa bat-mitsva :

« C'est à nous d'exalter le Maître de tout, de magnifier l'auteur de la Création, qui ne nous a pas faits semblables aux peuples de la Terre, et ne nous a pas façonnés comme les familles de la planète. Qui n'a pas établi notre héritage parmi eux ni forgé notre destin comme celui de leurs multitudes. Car eux se prosternent devant la chimère et le néant, et implorent un dieu incapable de les secourir. Alors que nous, nous nous courbons et nous prosternons devant le Roi des rois… »

L'institutrice se montre impressionnée par la mélodie et la cadence mais a du mal à comprendre le sens des mots. « Que signifie, au fond, ta prière ? » Mais Rachele craint de l'affliger. Grand-Père et Grand-Mère sont contraints, à cause de leur petite-fille juive, d'accepter de bon gré des prières étranges et, parfois même, cruelles, des juifs, mais la maîtresse, jusque-là jamais irritée par les juifs, serait susceptible maintenant de leur en vouloir.

« Aucune importance… ça veut dire…, répond-elle, à peu près que si les juifs aussi louent Dieu qui les a faits différents des autres, cependant, ils sont comme les autres, autrement dit, des êtres humains… »

L'institutrice saisit sa détresse et renonce à une traduction plus fidèle et suggère à son élève de prendre une douche avant le dîner, pour qu'elle aille se coucher de bonne heure. « Je sens, ma chérie, que tu es vraiment fatiguée.

— Plus que fatiguée, exténuée. »

Elle est conduite à une salle de bains minuscule où règne, là aussi, un ordre méticuleux. Et comme elle se déshabille dans la maison d'une institutrice qui ne lui donnera plus de cours, elle sent que, peut-être, cette maîtresse persistera dans sa mémoire davantage que tous ses futurs enseignants. Elle augmente la température de l'eau ruisselant sur son corps et, tandis qu'elle s'y abandonne, yeux clos, elle évoque en imagination Andrea assis à la table proche de la porte, guettant la sonnerie de fin de classe afin de se hâter d'aller prendre son petit frère, toujours dans l'ignorance que son père a disparu à jamais.

Pendant le dîner, le téléphone sonne de nouveau et, cette fois, c'est son père qui bouleverse encore le programme du lendemain. Ce n'est pas grand-père Ernesto qui viendra la chercher mais Paolo qui la conduira au village de Martina afin de ramener la chienne à la maison. Au village, on sent que la chienne est sur le point de mettre bas, et les membres de la famille de Martina craignent de s'en occuper, aussi vaut-il mieux que la chienne revienne chez eux et mette bas avec l'aide de la vétérinaire israélienne qui la connaît. « Mais pourquoi Martina ne la ramène pas elle-même ? objecte Rachele.

— Parce que Martina a le droit de fêter le Nouvel An avec sa famille, et non avec une chienne. Et comme Paolo redoute d'acheminer tout seul une chienne de chasse susceptible de mettre bas pendant le trajet, il souhaite que tu l'accompagnes parce que Diana te connaît et t'aime beaucoup. Et si, par hasard, elle accouchait en chemin, elle serait rassurée que tu sois à ses côtés.

— Combien de temps dure le trajet jusqu'au village de Martina ?

— Une demi-heure environ.

— Dans ces conditions, je n'aurai pas le temps de voir le perroquet que Grand-Père m'a offert et qui m'attend chez eux.

— Le perroquet continuera à attendre, il ne va pas s'envoler. »

Elle enfile sa chemise de nuit mais, avant de se glisser sous la couverture, elle examine de nouveau le tableau accroché au-dessus de sa tête. « C'est un dessin original ou une reproduction ?

— C'est un dessin que ma fille a exécuté à la fin du collège.

— Le jeune homme est tiré de la réalité ou imaginaire ?

— Il est imaginaire, mais pas entièrement, parce qu'elle avait l'intention de dessiner Jésus tel qu'il était à l'âge de ma fille.

— Jésus ? Jésus, le vrai ? Où ça ?

— Près de sa maison, sur la montagne à côté de Nazareth.

— Mais elle n'a jamais mis les pieds à Nazareth…

— C'est vrai, elle a imaginé l'endroit, comme on imagine en dessinant.

— Et pourquoi elle l'a imaginé en jeune homme, car, dans les tableaux, il apparaît ou en bébé ou déjà adulte se préparant à monter sur la Croix.

— En effet, c'est pourquoi elle désirait le dessiner précisément en jeune homme en promenade, solitaire, sans personne avec lui.

— Mais est-ce qu'il savait, dans ce dessin, qu'il est Dieu ou le Fils de Dieu ? À quoi pensait votre fille quand elle l'a dessiné ?

— Je ne lui ai pas posé la question, mais même s'il avait déjà compris qu'il était le Seigneur, il ne désirait pas le révéler aux autres, pour qu'ils ne lui demandent pas d'accomplir des miracles, il souhaitait profiter de la liberté et des bonheurs de son âge. Si cela te dérange, gentille Rachele, de dormir sous ce dessin, je vais le décrocher.

— Non, cela ne me dérange pas qu'il reste au-dessus de ma tête, après tout, même s'il s'agissait véritablement de Jésus, il sait que je ne crois pas en lui. Mais pourquoi votre fille n'a pas emporté ce dessin à Londres, pourquoi elle l'a laissé ici ?

— C'est moi qui lui ai demandé de le laisser chez moi. S'il te dérange pour dormir, dis-le-moi, et je l'ôte.

— Non, vraiment, ne le décrochez pas, je vais m'en arranger, je vous assure.

— C'est important que tu dormes bien cette nuit parce que, demain, une journée épuisante t'attend, rouler jusqu'au village pour prendre la chienne, que tu appelles comment ?

— Diana. C'est une chienne de chasse, et plus toute jeune, c'est pourquoi nous avons été étonnés qu'elle soit grosse encore une fois.

— Je vais t'aider à te couvrir. Tu veux que je te laisse un peu de lumière ou tu es habituée au noir total ?

— Si possible, laissez une faible lumière, parce que si par hasard je me lève pendant la nuit, j'aurai du mal à me repérer dans une maison inconnue. »

La fatigue se dissipe peu à peu. Les montagnes de Galilée ? Nazareth ? Cette fille a observé une montagne italienne et l'a transformée en mont de Galilée. Il y a deux ans, grand-père Roberto et sa jeune épouse l'ont emmenée en Israël, et ils ont circulé le long des monts de Galilée et déjeuné à Nazareth. Intéressant de savoir si Jésus a étudié à l'école comme tout le monde, ou alors, si le Fils de Dieu n'a pas eu besoin d'aller à l'école, car quel est le maître qui pourrait lui enseigner quelque chose ?

La faible lumière que la maîtresse a laissée s'intensifie, mais Rachele craint de l'éteindre. Elle enfouit sa tête sous l'oreiller pour plonger dans le sommeil, quand la sonnerie rouillée du téléphone retentit.

« C'était qui ? questionne-t-elle sa maîtresse, debout dans sa chemise de nuit devant la porte éclairée. Sûrement ma grand-mère.

— Exact, bien deviné, c'est ta grand-mère qui voudrait savoir si l'Éthiopien qui t'a amenée a dit où il allait.

— Pourquoi elle demande ça ?

— Il n'est pas encore revenu, et elle n'a aucune idée d'où il a disparu.

— Peut-être que les esprits l'ont emporté ! », murmure Rachele.

16.

Selon les prévisions de la météo, un air chaud et humide en provenance de l'Est méditerranéen, et un air froid et sec soufflant du continent européen, doivent provoquer des tempêtes dans le nord de l'Italie pendant la journée : aussi Paolo décide-t-il d'avancer le départ vers le village de Martina afin que la chienne ne lui gâche pas ses festivités du Nouvel An. Ainsi donc, dès huit heures du matin, il se présente à la porte de l'institutrice afin de recupérer sa passagère, qui se prélasse encore dans la douceur du sommeil. Et la *signora* Gironi, elle aussi censée prendre un vol à destination de la Sicile pour rejoindre sa sœur, partage l'inquiétude du chauffeur à propos des routes susceptibles d'être barrées et se hâte de servir le petit déjeuner à son invitée et au chauffeur, et même de munir son élève d'un grand et solide parapluie que Rachele répugne à emporter, car comment pourrait-elle le restituer à l'institutrice qui ne lui donnera plus de cours ? Or la raison pour laquelle la maîtresse insiste pour que son élève bien-aimée lui emprunte ce parapluie est précisément qu'elle ne pourra le lui rendre qu'à l'occasion d'une nouvelle visite et, du coup, elles pourront discuter de nouveaux contes.

« Encore des histoires ?

— Le monde est rempli de nombreux contes.

— Et encore de *Cuore* ?

— Non, tu es désormais trop grande pour *Cuore*. Dorénavant, tu vas choisir des histoires plus propices à la réflexion et beaucoup moins aux larmes. Pour le moment, viens que je t'embrasse, quel bonheur que non seulement tu sois venue me voir mais que tu aies aussi dormi chez moi. Si je comprends bien, le jeune Jésus ne t'a pas dérangée, bien qu'il se soit promené au-dessus de ta tête pendant la nuit.

— Je l'ai oublié dès que j'ai fermé les yeux. »

Dans le lourd tout-terrain, alors que les essuie-glaces s'escriment contre les averses cognant sauvagement le pare-brise, Paolo formule une requête solennelle aux oreilles de sa jeune passagère : « Je constate que ton père m'a nommé ton chauffeur attitré, aussi, quand tu seras grande et que tu hériteras, en tant que petite-fille unique de tous les biens de tes riches grands-parents, ne m'oublie pas. Même si je te semblerai vieux et affaibli, c'est moi, et seulement moi, que tu prendras.

— Dans cette voiture ?

— D'ici là, j'aurai d'autres voitures.

— Justement, un véhicule haut et robuste comme celui-ci me convient, mais, en bonne Italienne, je n'aime pas que ses compteurs soient du côté anglais et non du nôtre.

— Tu as raison, et c'est la première chose que je promets de changer dès l'année prochaine. Aujourd'hui, ne regarde pas les compteurs mais la carte, vérifie que je ne me trompe pas parce que j'ai décidé de partir plus tôt et de prendre d'autres routes, des voies secondaires et des chemins de terre et, de cette manière, on gagnera au moins une demi-heure dans les deux sens. S'il te plaît, regarde les panneaux et dis-moi ce qu'ils indiquent. À cause du mauvais temps, moi je me concentre sur la chaussée. Mais je ne comprends pas pourquoi ton père est attaché à cette chienne au point qu'il ne veuille pas la laisser mettre bas au village.

— C'est pas mon père. C'est le frère de Martina qui craint d'avoir à surveiller l'accouchement d'une chienne de race, déjà plus toute jeune, une chienne dont mon père a promis les chiots à des juges et des avocats.

— Combien de chiots elle est capable d'avoir, en fait ?

— À son âge, maximum trois, quatre.

— C'est quoi, son âge ?

— On l'a reçue alors qu'elle n'était qu'un chiot de cinq mois, et moi, à l'époque, j'avais trois ans et, dans deux mois, j'aurai douze ans et, donc, fais le calcul et tu verras qu'elle a neuf ans et trois mois et qu'elle n'a plus l'âge d'enfanter, mais qu'elle est déjà proche de sa fin de vie.

— C'est quand sa fin de vie ?

— Vers douze, treize ans.

— Et combien pèse un chiot ?

— Deux cents, trois cents grammes, ça dépend du chiot. Certains meurent pendant l'accouchement, et c'est ça qui fait peur au frère de Martina, il ne veut pas qu'on l'accuse, parce que ces chiots sont précieux.

— Pour te parler franchement, c'est bizarre que vous possédiez des chiens. D'habitude les juifs n'ont pas de chien.

— Ça dépend à quels juifs tu fais allusion, il existe toutes sortes de juifs. Les rabbins, par exemple, n'ont pas de chien. Mais mes parents n'ont pas pu me donner un frère, c'est pourquoi ils m'ont apporté cette chienne à la place.

— Et comme ça, tu es restée fille unique, gâtée et joyeuse.

— Je ne suis pas du tout gâtée ni joyeuse. Je suis triste d'être fille unique.

— Et cette chienne, elle a un nom ?

— Bien sûr, Diana.

— Et c'est quoi, sa race ?

— Allemande. Une chienne de chasse allemande. Tu t'y connais en chiens ? »

La pluie battante est mêlée de grêlons. Malgré l'heure matinale, une pénombre violacée enveloppe les voyageurs. Villages et champs disparaissent, tandis qu'une épaisse nappe verdâtre flotte au-dessus d'eux. Rachele nettoie sans cesse la buée sur le pare-brise avec son foulard afin de voir la route à travers les essuie-glaces frénétiques. Cela valait-il la peine de s'écarter de la nationale pour des voies secondaires afin de gagner une demi-heure ? Mais Paolo n'en démord pas. Et voilà qu'elle aperçoit un panneau indiquant qu'il faut tourner dans trois kilomètres. Rachele avertit le chauffeur de ne pas foncer de crainte de rater l'embranchement.

« Tu es vraiment une enfant astucieuse, la félicite Paolo, à la fin, tu seras comme ton père et ton grand-père qui s'enrichissent sur le dos des criminels qu'ils libèrent des prisons.

— Je serai juge, et je ne libérerai personne uniquement à cause d'une belle plaidoirie. »

Après avoir quitté la route pour le dédale des voies vicinales, ils se retrouvent bien vite sur un chemin de terre à la traîne d'un gros et lent tracteur qui, malgré les coups de klaxon, ne leur libère pas le passage, et impossible de savoir si le conducteur n'entend pas ou s'il le fait exprès. Aussi Paolo n'a pas d'autre choix que de s'arrêter et de rattraper le tracteur en courant pour y trouver un vieux paysan, dont les oreillettes étouffent le bruit du moteur et, en même temps, l'égayent avec des arias célèbres dont il connaît non seulement la mélodie mais aussi les paroles. « Monsieur, s'époumone Paolo à l'adresse du tractoriste penaud, il y a des voyageurs pressés dans le monde, pas seulement des opéras. » Le paysan n'imaginait pas qu'un jour de tempête comme celui-là, à la veille du Nouvel An, il se heurterait à des étrangers se baladant à travers champs. « Où cours-tu si vite ? Qu'est-ce que tu cherches ? » Paolo lui indique le nom du village de Martina et, pour une raison inconnue, ajoute l'histoire de la chienne. Le paysan hoche la tête avec tristesse. « Il vaut mieux, conseille-t-il, que tu me suives, au moins jusqu'au petit lac qui t'attend devant, parce que si tu t'y enfonces, personne d'autre que moi ne pourra t'en sortir.

— Un lac ? s'étonne Paolo, il n'y a aucun lac indiqué sur la carte.

— Parce que c'est un lac d'hiver, et l'été, il disparaît, c'est pourquoi tu ne le trouveras pas sur les cartes. »

Ils roulent donc derrière le tracteur sur un chemin boueux et butent sur une sorte de lac étendu qui n'est qu'un étang hivernal, assez peu profond, mais quelle que soit sa profondeur, le paysan ne fait pas confiance à Paolo pour le franchir sans encombre. Aussi apporte-t-il un câble et attache-t-il le véhicule à son tracteur, puis il le remorque à travers l'étang en exerçant une puissante traction, au point qu'on ne sait si le véhicule touche terre ou plane, de sorte qu'après la traversée de l'étang, sa profondeur réelle demeure inconnue. Au moment de détacher le câble et des adieux, le paysan met en garde Paolo : « Ne pense pas gagner du temps au retour, parce que tu es bien capable de te perdre en route et d'accoucher les chiots de ta chienne de tes propres mains.

— Et peut-être aussi de les allaiter », plaisante Paolo que la rencontre avec ce paysan a mis en verve.

17.

Malgré l'étang inopiné, Paolo se glorifie d'avoir gagné au moins vingt minutes. « Mais, au retour, on roulera sur la grand-route comme tout le monde », ajoute-t-il. À l'approche du village, Rachele ouvre la vitre pour glaner des bribes de souvenirs de son enfance. Dix années plus tôt, à Noël, alors que ses parents séjournaient en Israël avec un groupe de pèlerins italiens, Martina était restée chez elle pour garder Rachele encore bébé. Mais, la veille de Noël, son frère avait débarqué et les avait emmenées toutes deux au village, désireux que Martina aide à la préparation d'un festin et, aussi, qu'elle ne rate pas la messe de minuit. Et, afin de ne pas traîner le nourrisson juif à un rite catholique, ils l'avaient confié à une vieillarde du village. Cette péripétie aurait pu rester secrète, si l'enfant ne s'était souvenue, au bout de quelques semaines, de la nourriture « terriblement délicieuse » qu'on lui avait donnée au village, et la cuisinière n'avait plus eu d'autre choix que d'avouer, et même de reconstituer la nourriture « terriblement délicieuse » pour les parents.

« C'est ça, la fameuse chienne ? », s'étonne Paolo en découvrant un pointer moucheté virevoltant autour du véhicule avec des aboiements déchaînés. « On dirait pas qu'elle est sur le point d'accoucher.

— Ce n'est pas elle, rigole Rachele, c'est son petit frère, mais c'est vrai, il lui ressemble. »

Une paysanne géante en tablier et bottes surgit d'une maison, et accueille les arrivants avec des cris de joie.

Dans la demeure des Luzzatto, Martina porte un tablier blanc et, sur la tête, une toque de pâtissier. Les plats, elle les apporte à table en gants blancs, et pas une goutte de vin ne s'égare entre la bouteille et le verre. Martina excelle particulièrement en pâtisseries et desserts, et si d'aventure Rachele s'entiche d'un dessert quelconque chez une amie, Martina réussit à décrypter ses secrets et le recompose pour la jeune maîtresse de maison. Mais, en ce moment, dans son village, en pleine campagne, Martina redevient une lourde paysanne, attifée d'une veste en laine grise sentant la fumée. « Vous avez bien fait d'arriver tôt, lance-t-elle, comme ça, vous aurez le temps de manger un morceau et de vous reposer un peu. »

Le mari de Martina l'a quittée depuis de nombreuses années et, quand elle revient dans son village, elle loge chez son frère et sa belle-sœur, la paysanne géante qui les a accueillis avec des cris de joie et qui, maintenant encore, les traite avec une infinie gentillesse. Dans les profondeurs du logis retentissent les aboiements de la chienne qui a reniflé l'odeur de Rachele, et lorsque cette dernière se précipite vers elle, elle remue la queue énergiquement mais elle a du mal à se redresser à cause de son ventre alourdi pour enlacer sa bien-aimée de ses deux pattes. Aussi Rachele s'agenouille-t-elle et attire-t-elle la gueule de sa chienne contre son cœur. « Ma chérie, mon intelligente, lui susurre-t-elle, nous sommes venus te ramener à la maison. »

Tandis que Paolo et Rachele se délectent du repas paysan aux nombreux plats de Martina, ses neveux tapissent la banquette arrière du véhicule avec des couvertures déchirées et, au moment où la grêle se met à tomber, ébranlant les vitres, Paolo se lève et dit : « Il est temps de partir. » Et comme ils doivent rouler sur la route nationale, le chauffeur n'a pas le droit d'exiger de Rachele de s'asseoir à côté de lui pour le guider grâce à la carte, et donc elle s'installe à l'arrière, près de la chienne vautrée là, afin de pouvoir calmer au besoin les angoisses de l'animal. L'heure des adieux est arrivée, non seulement avec la famille de Martina, mais aussi avec le jeune frère de la chienne, pas du tout disposé à laisser sa sœur s'en aller, et il s'accroche violemment au véhicule anglais, voulant y pénétrer de force, et comme c'est un chien libre sans collier, il n'est guère aisé de le maîtriser.

Rachele se pelotonne contre la chienne et, de temps à autre, tâte doucement son ventre et ses mamelles, essayant de deviner la quantité de chiots qu'elle va mettre au monde. Et comme, en l'honneur du Nouvel An, Martina a lavé la fourrure de la chienne avec un shampooing qu'elle utilise pour elle-même, l'humanité de Diana s'en trouve accentuée. « Si elle accouche de nombreux chiots, je vais essayer de demander à mon père qu'il t'en propose un.

— Pour moi ? En plus, un allemand ? Je suis tombé sur la tête, dis-moi ! On a déjà chez nous, dans la famille, je ne sais quel vieux clébard que je trouve inutile. »

Brusquement, sa colère éclate à cause de toute cette expédition au village pour des roquets qui, si on lui demandait son avis, n'auraient jamais dû venir au monde, et il lance à la fillette derrière lui : « Dis-moi, Rachele, et ne prends pas la mouche à cause de ma question : pourquoi, au juste, ton père n'a pas stérilisé cette chienne pour s'épargner tous ces tracas, à lui et aux autres ? Mais, attends, tu sais, au fond, ce que c'est stériliser ? » Rachele le sait. Deux de ses amies ont des chiennes qui ne seront jamais enceintes. Alors que son père pense que c'est mal de stériliser une chienne de chasse allemande de race excellente, même si elle ne chasse plus. « Et puis quoi encore, une race excellente ? Si on regarde ce clébard, son frère, qui s'est déchaîné et a griffé la voiture, j'ai vraiment pas l'impression que ce sont des chiens de race. » Rachele ne dit mot, songeuse, enfouissant ses doigts dans le cou de la chienne couchée à côté d'elle et, à la fin, elle répond sur un ton hésitant, dans un murmure : « Bon, c'est pas vraiment son frère, c'est une sorte de chiot qu'elle a mis au monde il y a quelques années, et maintenant qu'il a grandi, il s'obstine quand même à lui courir après. »

Paolo rit aux éclats en accélérant. La pluie cesse. Rachele étreint la gueule de la chienne, soulève son oreille droite et souffle délicatement à l'intérieur pour la câliner. La chienne secoue la tête, elle ne comprend pas ce que Rachele lui veut. Peut-être que, cette fois, elle n'aura pas uniquement deux chiots, comme l'an passé, mais davantage. Chez eux, c'est une charmante vétérinaire israélienne, du nom de Yaël, qui s'en occupe. Elle n'a pas encore achevé ses études, mais Papa lui fait confiance presque autant qu'au directeur de l'hôpital.

Les compteurs, côté anglais, sont éclairés, mais personne ne surveille les aiguilles. « Ce matin, j'ai forcé la dose, avec mon inquiétude à cause du trajet », confesse Paolo aux oreilles de sa passagère, mais Rachele ne l'écoute pas. Sa tête se plaque contre le cou de sa chienne qui, de temps à autre, lèche les joues de la jeune fille dont l'assoupissement s'accroît au point qu'il lui semble que la voiture ne roule plus en ligne droite mais gravit avec obstination une haute montagne escarpée, grimpe en zigzaguant, s'acharne et grince et, soudain, elle entend la voix de son père et les aboiements joyeux de la chienne qui bondit hors du véhicule et se précipite sur son maître, excitée, plaque contre lui ses deux pattes antérieures, puis se met à tournoyer autour de lui. Rachele, ensommeillée, observe, jalouse, l'élan d'affection de la chienne : c'est lui qu'elle aime le plus, c'est lui qui compte avant tout à ses yeux. Moi, elle me lèche, mais elle ne m'embrasse pas, quant à Maman, elle l'ignore purement et simplement.

Ricardo règle Paolo, et il semble qu'il le gratifie d'un cadeau de fête particulièrement généreux, puisque Paolo ne se plaint pas de cette course superflue. Mais Rachele décide de se plaindre, y compris en son nom : « Vous nous avez trimbalés pour rien, toute une journée, jusqu'au village de Martina. Diana n'avait pas l'intention d'accoucher, ni là-bas, ni en route, ni bientôt. Pendant tout ce temps, j'ai tâté son ventre, et je n'ai rien senti là-dedans. Tu t'es inquiété pour rien, mais si tu étais vraiment inquiet, Paolo aurait pu l'amener tout seul, il n'avait pas besoin de moi. Et comme ça, au lieu de rester chez Grand-Mère et Grand-Père qui ne m'ont presque pas vue, je me suis coltiné les flaques et la boue. Et, en plus, je n'ai pas eu le temps de voir mon perroquet. Aussi, demain matin, à la première heure, peu m'importe, je vais chez eux. Si je n'étais pas aussi épuisée, je me précipiterais chez eux tout de suite.

— Tu n'as pas à te précipiter, dit sa mère, le perroquet s'est échappé.

— Le perroquet s'est échappé ? s'écrie Rachele. Mais je vous avais avertis qu'il s'échapperait, et vous, vous avez dit : Pourquoi il s'échapperait ? Et voilà, il s'est envolé. Comment c'est arrivé ?

— Grand-Mère a nettoyé sa cage et n'a pas remarqué que la fenêtre était ouverte, et alors, il s'est brusquement envolé et a disparu.

— Quelle idiote ! Pardon, pardon, Grand-Mère, mais pourquoi cette hâte à nettoyer sa cage au bout d'une journée, qu'est-ce qu'il y avait de si urgent ?

— C'est pas grave, n'en fais pas une tragédie. Après-demain, Grand-Père ira t'apporter un nouveau perroquet.

— Je ne veux aucun nouveau perroquet, je voulais *ce* perroquet. Uniquement lui.

— Mais tu ne l'as presque pas vu. Tu ne le connaissais pas. Que sais-tu de lui ?

— C'est précisément à cause de ça, parce que je n'ai pas eu le temps de le connaître, que je le veux encore plus.

— Mais il reste la cage…

— Je m'en fiche, qu'on y mette ce qu'on voudra, tiens, qu'on y mette un serpent. »

18.

Rachele examine attentivement l'institutrice Natalia Castellano, revenue à l'école après un congé maternité plus long que prévu, et bien que la maîtresse semble avoir surmonté ses difficultés et qu'elle ait la capacité de reprendre les rênes de l'enseignement, la directrice l'accompagne pour son premier cours, peut-être pour recommander aux élèves d'observer à l'égard de la jeune institutrice la même discipline et la même attention dont a bénéficié la retraitée de fraîche date se dorant, en ce moment, au soleil de la Sicile.

Mais, à peine la directrice sortie, un léger brouhaha se déclenche. D'un seul coup, se lève une forêt de doigts d'élèves exigeant de changer de place. Particulièrement agressive, la demande d'Antonella, assise au fond de la classe, de changer avec Rachele qui lui cache entièrement la maîtresse – « Peut-être parce que Rachele a poussé en hauteur pendant les vacances de Noël…

— Je ne crois pas que Rachele ait grandi pendant des vacances aussi courtes, objecte l'institutrice

Natalia, mais sans doute suis-je plus petite que ma remplaçante du premier trimestre. » Aussi demande-t-elle délicatement à Rachele de changer de place avec Antonella.

Rachele est dépitée, confinée au fond de la classe. La maîtresse aura du mal à remarquer son doigt levé pour poser une question astucieuse ou fournir une réponse exacte. Aussi propose-t-elle de passer dans la deuxième rangée, derrière Andrea assis près de la porte. Si elle se voit condamnée à changer de place, autant se déplacer sur le côté plutôt qu'à l'arrière.

Et tandis que l'institutrice réfléchit à la possibilité de grossir la rangée de droite en y ajoutant une table et une chaise, Andrea concrétise déjà le changement et pousse avec plaisir sa table vers la porte, élargissant ainsi l'espace derrière lui au profit de l'élève dont il est épris depuis l'année dernière. Et bien qu'il sache qu'à cause de son acné, et de la tristesse dans ses yeux, son amour sera forcément déçu, il se contente du doux « Merci » chuchoté dans son dos.

L'institutrice distribue aux élèves des questionnaires détaillés qu'elle a préparés chez elle, sans doute afin de pouvoir s'installer tranquillement à son bureau et tenter de récupérer un peu du calme que son nourrisson lui vole la nuit. Mais, minute, son bébé, c'est un garçon ou une fille ? Rachele lève la main : « Maîtresse, nous, vos élèves, nous sommes curieux de savoir si vous avez eu un garçon ou une fille.

— Un garçon, s'empresse-t-elle d'informer ses élèves, un bébé mignon, mais pas du tout facile. »

Rachele demande à connaître son prénom.

« Antonio Castellano.

— Combinaison réussie », approuve Rachele, et les autres élèves opinent.

Et maintenant, impossible d'échapper aux questionnaires auxquels l'époux de l'institutrice a peut-être contribué. Des questions sur la littérature, la grammaire, l'histoire antique et contemporaine et la géographie. Un questionnaire au large éventail qui permettra à l'enseignante d'évaluer ce qui persiste dans la mémoire de ses élèves, ce qu'il convient de compléter et sur quoi elle pourra faire l'impasse.

Pendant la récréation, Rachele s'aperçoit qu'Andrea tournicote autour d'elle, tourmenté, comme si son passage dans sa rangée et, surtout, son placement dans son dos lui octroyaient un droit ou une responsabilité sur elle. Le cours suivant est le dessin, cours toujours joyeux. Le vieux professeur de dessin, dont les esquisses naïves tapissent les couloirs de l'école, demande aux élèves de dessiner un animal quelconque, en imagination ou de mémoire. Rachele choisit le perroquet disparu mais, avant de se lancer, elle demande au professeur combien de couleurs il est possible d'attribuer à un seul perroquet. « Je ne crois pas qu'un perroquet possède plus de cinq couleurs, répond-il après une brève réflexion, mais s'il s'agit d'un perroquet imaginaire, tu peux lui ajouter deux autres couleurs.

— C'est un perroquet à moitié imaginaire, lui explique Rachele, en réalité, je ne l'ai vu que très peu de temps.

— Dans ce cas, n'exagère pas avec les couleurs, car si tu accumules trop de couleurs, on ne saura pas du tout qu'il s'agit d'un perroquet. »

Un grand chahut règne pendant le cours de dessin ; les élèves échangent des tubes de couleurs et des brosses et se précipitent sans cesse aux toilettes pour changer l'eau des coupelles. Rachele, par-dessus l'épaule d'Andrea, épie ce qu'il dessine, mais il craint encore de révéler le chien qu'il tente de coucher sur le papier. « Je ne suis même pas sûr que je vais en tirer quelque chose de ressemblant à un chien.

— Pourquoi ? Ton chien, tu ne l'as pas en tête ?

— Chez nous, il n'a y a jamais eu de chien, parce que notre maison est trop petite pour un chien. Ça sera peut-être le chien des voisins. »

Rachele le dévisage : « Je peux te poser une question personnelle, mais toute petite ?

— Oui, pourquoi pas.

— Ton père se trouve toujours à l'hôpital ?

— Mon père ? se récrie Andrea. Comment tu sais pour mon père ?

— La maîtresse d'avant celle-ci me l'a raconté.

— La maîtresse d'avant ? La *signora* Gironi ? Pourquoi ?

— Parce que mon père aussi va être bientôt hospitalisé.

— Mais cette vieille a confondu, s'emporte Andrea, c'est pas mon père qui est malade, c'est ma mère, ma mère est hospitalisée.

— Et ton père ?

— Mon père va bien, il est en bonne santé, mais pourquoi tu veux le savoir ?

— Juste comme ça.

— En quoi ça te concerne ?

— Parce que l'institutrice m'a dit qu'en ce moment tu t'occupes de ton petit frère.

— Comment elle le sait ?

— Pourquoi ? Ce n'est pas vrai ?

— C'est vrai, mais pourquoi elle a discuté avec toi de mon petit frère ? Toi aussi, tu as un frère dont tu dois t'occuper ?

— Non. Moi, je n'ai ni frères ni sœurs.

— Alors, pour quoi faire ?

— Pour rien, je veux seulement comprendre comment tu fais pour étudier et t'occuper de ton frère en même temps.

— C'est pas terriblement compliqué, je dois juste l'emmener au jardin d'enfants le matin et, après l'école, aller le reprendre, puis je lui donne à manger et je joue avec lui, et si Papa est en retard, je le lave et le couche. C'est tout. Mais si tu n'as pas de frère, pourquoi tu veux le savoir ? »

Le professeur passe entre les élèves pour examiner les dessins. « Le bec de ton perroquet, explique-t-il à Rachele, devrait être plus grand car c'est là que se cache sa langue.

— Vous avez raison, professeur, reconnaît-elle, et je dois lui faire un bec encore plus grand parce que ça va être un perroquet qui parle deux langues.

— Comment ça, deux langues ?

— L'hébreu et l'italien.

— L'hébreu et l'italien ? s'exclame le professeur, amusé. Et comment ton perroquet va-t-il faire la différence entre ces deux langues ?

— Il ne pourra pas faire la différence, les deux vont se mélanger dans son cerveau, c'est pourquoi je vais agrandir non seulement son bec mais aussi son cerveau. »

Le chien d'Andrea apparaît ressemblant, entièrement noir, avec, autour de son cou, une bande blanche, tandis que le perroquet n'est qu'une bouillie bigarrée qui nécessitera de redessiner un autre perroquet au cours suivant.

Maintenant débute le dernier cours, la leçon de chant, la préférée de toute la classe, après quoi, au son de la cloche, tous les élèves se ruent dehors. Rachele suit Andrea, qui ralentit le pas pour rester à sa hauteur.

« Comment ton perroquet connaît l'hébreu ? demande-t-il avant qu'ils se séparent.

— C'est moi qui lui apprends. J'étudie l'hébreu.

— Vous avez une école spéciale pour vous enseigner l'hébreu ?

— Dans notre synagogue, il y a une classe où le rabbin enseigne, c'est comme un curé chez vous, mais sans le col romain. Il est venu chez nous spécialement d'Israël, et il nous enseigne – à quelques filles – les prières en hébreu, pour la bat-mitsva, la fête des douze ans.

— *Bat-mi-tse-va* », essaie-t-il de prononcer en hébreu.

Rachele sait qu'Andrea a le béguin pour elle. D'autres garçons de la classe sont amoureux d'elle. Et certes, Andrea est si ému par son amour que, d'un côté, il ne veut pas se séparer d'elle et, de l'autre, il n'a qu'une envie : prendre ses jambes à son cou. Mais, cette fois, elle ne le laissera pas se défiler.

« Tu dois aller chercher ton petit frère maintenant ?

— En effet.

— Où est le jardin d'enfants ?

— Pas loin, via Mazzini.

— C'est vraiment pas loin, je peux venir avec toi ?

— Pour quoi faire ?

— Comme ça. Pour voir à quoi ressemble ton frère.

— Il me ressemble vraiment beaucoup.

— Mais il est aussi sûrement un peu différent. Qu'est-ce que ça peut te faire ? Peut-être que, moi aussi, j'aurai un jour un frère comme lui.

— Alors, viens. Mais on ne peut pas le prendre au jardin d'enfants avant trois heures, tu devras attendre un peu avec moi. »

Comme la pluie commence à tomber, ils trouvent un abri sous un arrêt de bus et s'y réfugient. Andrea s'émerveille du bonheur soudain qui lui échoit, malgré l'étrangeté de cette histoire de rabbin venu d'Israël. Entre-temps, des hommes et des femmes affluent et attendent en leur compagnie et, lorsque l'horloge de l'église sonne trois heures, tous se dirigent vers un immeuble d'habitation ordinaire et gravissent l'escalier en même temps qu'eux.

De la porte d'un banal appartement commencent à sortir des bambins en manteaux et bonnets. « Voilà mon frère, dit Andrea, il s'appelle Alessandro. » Un gamin en imperméable noir à col blanc se précipite vers eux ; en effet, il ressemble comme deux gouttes d'eau à Andrea. Rachele se demande en son for intérieur : J'ai perdu la raison ? Qu'est-ce que je fais ici ?

Ils dévalent l'escalier et quittent l'immeuble, mais elle doit tourner vers l'est, tandis qu'Andrea et son frère doivent prendre la direction opposée, et alors, avant de se séparer, elle demande à Andrea si Alessandro lui permettrait de lui donner un baiser, un seul.

Le visage d'Andrea s'empourpre, ce baiser, il l'aurait souhaité pour lui-même, mais Rachele veut embrasser uniquement son frère, et il l'interroge donc : « Tu es d'accord pour que ma copine te donne un baiser ? » Le petit se recroqueville et murmure : « Pourquoi qu'elle me donne un baiser ? » Mais Rachele ne répond pas, se penche et lui plaque un baiser sur la joue.

« C'est bon, dit-elle, un seul lui suffit. »

19.

Les vacances de Noël et du Nouvel An chrétien, le rabbin Yaacov Azoulay les passe à Jérusalem au sein de sa famille, non seulement pour se tenir à distance de l'agitation qui atteint un sommet dans toute l'Italie en ces journées, mais aussi pour étudier une récente proposition conjugale. Mais la fiancée qu'on lui propose n'est ni si belle ni si attirante qu'elle puisse mériter de partager sa propre renommée de génie talmudique, et même s'il ne se décourage pas de trouver chaussure à son pied en Israël, il n'a pas perdu l'espoir d'une union avec une jeune Italienne, belle et fortunée à la fois, qui le suivrait en Israël et ne serait pas rebutée par le nationalisme grandissant en Terre sainte.

Aussi le rabbin trentenaire accepte-t-il de prolonger son contrat pour une année supplémentaire, jusqu'à l'an 2000, et de poursuivre sa mission comprenant les prêches pendant les fêtes, les cours d'hébreu et les préparatifs à la bar-mitsva et à la bat-mitsva de jeunes gens dans quatre cités du nord de l'Italie. Vers la fin janvier, ses quatre élèves – Rachele, Marta, Anna et Elisa – reçoivent un message de reprise des cours organisés sous le patronage de la communauté et grâce à la généreuse contribution de leurs propres parents, désireux que leurs jeunes enfants affermissent leur judaïsme et résistent à la tentation d'un mariage exogame.

Rachele attend avec joie le retour du rabbin, à la fois parce qu'elle aime l'hébreu et se languit de la langue châtiée des prières, et aussi, parce que ce rabbin a prouvé sa capacité et son audace à affronter des questions que les parents et les proches évitent. Et la question qui lui brûle les lèvres concerne la bénédiction : « *C'est à nous d'exalter le Maître de tout...* », qu'elle a été tentée de déclamer devant grand-père Ernesto, qui en a saisi immédiatement, en *goy* intelligent, la signification belliqueuse. Et bien que, par amour pour sa petite-fille, il eût pardonné l'offense collective sous-jacente à la prière, demeurait en lui une amertume à l'encontre de la célébration de sa bat-mitsva qui l'obligera à écouter une oraison hostile à son identité – fût-elle prononcée dans une langue étrangère. C'est pourquoi Rachele est déterminée à vérifier, lors de la reprise du premier cours, s'il ne serait pas possible, lors de sa bat-mitsva, de troquer ce « *C'est à nous d'exalter le Maître de tout...* » contre une bénédiction plus bénigne et plus humaniste.

La tribune des femmes de la minuscule synagogue abrite une petite bibliothèque d'écrits sacrés dont il est impossible de savoir si elle fait partie de la tribune réservée aux femmes ou d'un espace séparé où les hommes ont le droit de s'installer. En fait, le rabbin Azoulay a décidé qu'un lieu aux murs tapissés de livres sacrés, même sans cloison le séparant de la tribune des femmes, est un espace lui aussi licite à l'usage d'un homme enseignant les cours préparatoires à la bat-mitsva des jeunes filles de la communauté. Il prend soin d'arriver avant ses cours, surtout afin de chauffer le mieux possible l'endroit à l'aide de deux réchauds électriques qu'il emprunte à la synagogue des hommes, et ce, pour que la chaleur oblige ses élèves à ôter leurs manteaux et leurs chandails et à rester en chemises légères, dans l'esprit des vêtements des Sages qui ont rédigé ces textes magnifiques, il y a deux mille ans, autour du Bassin méditerranéen.

Les quatre élèves diffèrent les unes des autres quant à leur origine sociale et leur statut religieux. Marta est la fille d'un père et d'une mère juifs de la petite bourgeoisie qui se destinent à immigrer en Israël à la fin de leurs études de médecine, et c'est la raison pour laquelle l'apprentissage de l'hébreu de leur fille leur importe au plus haut point. Tandis qu'Anna est la fille d'une catholique d'origine honorable qui, certes, a épousé un juif riche, mais dont les parents lui ont interdit de se convertir au judaïsme, et donc Anna n'est pas réellement juive, mais comme son père désire que sa fille célèbre sa bat-mitsva avec ses amies juives, elle reste en fin de cours pour bénéficier d'une leçon supplémentaire de préparation à la « conversion des mineurs ». Sauf qu'Anna est d'une beauté resplendissante, à l'instar de sa mère catholique, et le rabbin Azoulay préfère qu'au moins l'une des élèves soit présente pendant la leçon particulière, afin que son tête-à-tête avec la jeune beauté ne provoque pas de réflexions odieuses de la part des habituels adeptes de réflexions odieuses. La volontaire permanente à assister à ces leçons de « conversion des mineurs » est, bien sûr, Rachele, à laquelle toute étude de l'hébreu procure un ravissement. Et certes, Rachele est, elle aussi, une jolie jeune fille, sans nul doute, mais le rendez-vous studieux d'un rabbin israélien célibataire avec *deux* belles jeunes filles ne peut pas provoquer de soupçon érotique – au pire, un soupçon esthétique.

Mais, aujourd'hui, au début du cours, avant que le rabbin Azoulay discute avec ses élèves de matières pieuses, ou de la signification religieuse ou éthique de l'âge de douze ans, et de la conception que se faisaient les Sages du Talmud de l'entendement impressionnant des filles de douze ans par rapport à celui des garçons de leur âge, il entame une conversation profane avec elles dans laquelle elles doivent raconter, uniquement en hébreu, des événements importants survenus dans leur existence depuis la leçon précédente, un mois plus tôt. L'hébreu des élèves est estropié, mais l'italien du rabbin n'est pas meilleur, aussi les deux langues sont-elles censées s'encourager l'une l'autre, parfois avec stupeur ou honte, et parfois avec un rire joyeux. Et lorsque s'achève la transaction entre l'hébreu et l'italien, l'heure est venue d'ouvrir les rituels de prières afin de répéter à voix haute et en psalmodiant les bénédictions prévues pour la cérémonie du printemps. Mais, cette fois, Rachele interrompt le déroulement de la leçon et, dans un hébreu maladroit, émaillé çà et là d'italien, elle évoque son grand-père bien-aimé qui, sans comprendre la langue sacrée, a deviné l'offense et l'hostilité contenues dans la prière qu'elle a récitée, et, avec son audace de petite-fille unique de bonne famille, elle exige du rabbin de trouver une autre bénédiction qui, certes, loue et exalte les juifs, mais n'offenserait pas quiconque n'a pas eu l'heur de naître comme eux.

Le rabbin se montre stupéfait par l'assertion de sa jeune élève interprétant au pied de la lettre l'antique prière. Et au lieu de s'en débarrasser par quelque maxime talmudique éculée, il se met à feuilleter son rituel de prières, mais yeux clos, comme s'il tentait de trouver à tâtons un psaume moins brutal qui n'affligerait pas des juifs dont les familles comptent encore des *goyim*. Les quatre élèves demeurent fascinées devant le rabbin qui, après un long silence, extraie de la bibliothèque le livre des Psaumes et, avec la témérité d'un érudit chevronné, remplace le « *C'est à nous d'exalter le Maître de tout...* » par une imploration, le psaume XIII, que tout individu pourrait adresser à son Dieu sans, pour autant, exclure autrui :

Au chef des chantres, psaume de David. Jusqu'à quand, ô Seigneur, m'oublieras-tu obstinément ?

Jusqu'à quand me déroberas-tu ta face ? Jusqu'à quand agiterai-je des projets en mon âme ? La douleur étreindra-t-elle mon cœur chaque jour ? Jusqu'à quand mon ennemi triomphera-t-il de moi ? Regarde de grâce, exauce-moi, Éternel, mon Dieu. Éclaire mes yeux, pour que je ne m'endorme pas dans la mort, pour que mon ennemi ne puisse dire : « J'en suis venu à bout ! » Et que mes adversaires ne se réjouissent pas en me voyant tomber ! Or moi, j'ai confiance en ta bonté, mon cœur est joyeux de ton secours : je veux chanter l'Éternel, car il me comble de bienfaits.

Il fait passer le livre ouvert entre ses quatre élèves, qui se penchent tête contre tête et lisent en silence le court psaume et, sans comprendre encore la plupart des mots, elles se montrent disposées à l'adopter comme substitut à l'autre bénédiction.

Au demeurant, la leçon ne s'achève pas sur un psaume de la Bible mais sur une rengaine populaire israélienne que le rabbin chante avec des gestes énergiques, et cette comptine israélienne plaît davantage aux filles que les psaumes sacrés, et elles aussi accompagnent le chant et les gestes des mains, tandis que la mélodie les aide à comprendre le sens des mots.

Parfois, je suis triste
Et parfois, joyeux.
Parfois, je me souviens

Et parfois, j'oublie.
Parfois, je suis rassasié
Et parfois, j'ai faim.
Parfois, je suis en colère
Et parfois, plein d'amour.
Mais
Je reste toujours moi
Toujours je reste moi
Toujours je reste
Moi !

Parfois, je suis grand
Et parfois, petit.
Parfois, je suis un héros
Et parfois, un peureux.
Parfois, je suis avec les autres
Et parfois, solitaire.
Parfois, je suis au beau milieu
Et parfois, à l'écart.
Mais
Je reste toujours moi…

Parfois, je suis un violon
Et parfois, un tambour.
Parfois, je suis estival
Et parfois, hivernal.
Parfois, je suis paresseux
Et parfois, dynamique.

Parfois, je suis doux
Et parfois, aigre.
Mais
Je reste toujours moi…

Parfois, je suis sensé
Et parfois, stupide.
Parfois, je suis premier
Et parfois, troisième
Parfois, j'attrape
Et parfois, je suis attrapé.
Parfois, je suis géant
Et parfois, un nabot.
Mais
Je reste toujours moi…

Le cours s'achève dans une ambiance débridée. Marta et Elisa enfilent leurs manteaux, enroulent leurs cache-nez et font leurs adieux à Anna dont le judaïsme nécessite des compléments. « Dis-moi, s'il te plaît, demande le rabbin à Rachele qui assiste à la leçon d'Anna en auditrice libre, est-ce vrai ce qu'on raconte dans la communauté que, dans deux semaines, vous allez déménager au bord de la mer ?

— Déménager ? Pas du tout ! Nous allons seulement séjourner chez Grand-Mère quand Papa sera hospitalisé, parce qu'un célèbre chirurgien turc va l'opérer, qui vient toujours en Italie pendant le carnaval.

— Quand aura lieu le carnaval ?

— Dans une semaine.

— Voilà trois ans que je suis en Italie, et je n'ai jamais assisté à ce carnaval, alors que cette année est ma dernière ici.

— La dernière ? murmure Anna avec un air désolé.

— Oui, et c'est la raison pour laquelle tu dois avoir le temps de terminer ta conversion avant mon retour en Israël.

— Elle aura le temps, promet Rachele en son nom. Que voulez-vous lui enseigner aujourd'hui ?

— Et si nous répétions les lois de la *cachrout* ?

— Très bien, approuve Rachele qui s'est instituée l'impresario d'Anna, moi aussi je m'embrouille avec les délais d'attente pour consommer du lait et de la viande, combien de temps attendre entre la viande et le fromage, et combien entre le fromage et la viande… C'est pourquoi, honorable rabbin, notez le tout aujourd'hui dans l'ordre sur une feuille, parce que la mère d'Anna, qui ne sera jamais juive, ne peut pas comprendre d'elle-même la logique de tous ces délais, et il vaut mieux qu'elle ait une feuille rédigée de votre main. Et si vous craignez des erreurs en italien, nous vous les corrigerons. »

Le rabbin Azoulay sourit gentiment : si Rachele avait dix ans de plus, il songerait à lui envoyer un marieur et, si lui-même avait dix ans de moins, il se serait montré disposé à attendre dix ans jusqu'à son âge nubile. Mais dans dix ans, il sera quadragénaire, et même dix années supplémentaires d'étude à la prestigieuse yéchiva séfarade « Porat Yossef » de Jérusalem ne le rendraient pas digne de s'agréger à une famille d'avocats. Aussi se résigne-t-il à s'intéresser au carnaval. Peut-être que là, sa bonne fortune léthargique s'éveillerait. « Et vous-mêmes, demande-t-il à ses deux élèves, vous avez déjà participé à ce carnaval ? Si c'est le cas, racontez-moi un peu.

— Dans la ville où habite ma grand-mère, est organisé un carnaval très célèbre. Et si vous, monsieur le rabbin, vous souhaitez aussi vous promener dans le centre historique jusque tard dans la nuit, après, vous pourrez dormir chez elle, parce qu'elle possède une maison énorme.

— Mais qu'est-ce qui se passe au carnaval ?

— On se déguise.

— On est obligé de se déguiser ?

— On n'est obligé à rien, mais c'est un pur plaisir, c'est tout le sel de cette fête : le déguisement, et il existe des déguisements dingues.

— Pas seulement dingues, précise Anna, mais aussi effrayants… effrayants exprès.

— Mais tout cela n'est qu'un spectacle, il n'y a rien de réel. Et si vous rencontrez par hasard une personne vêtue en prêtre en train de prier, sachez que ce n'est que du spectacle. Et un spectacle ne peut pas être une prière. »

Le rabbin observe affectueusement son élève préférée mais, comme la maîtresse Gironi, il réserve sa réponse. Prière ou spectacle, tout dépend de l'acteur.

20.

Certes, la grand-mère accepte de bon gré la requête de sa petite-fille d'inviter chez elle le rabbin Azoulay, mais elle ne cache pas sa stupeur que le rabbin choisisse précisément le carnaval comme l'occasion de se familiariser avec la culture et l'histoire de sa ville. Elle compte mettre à sa disposition la chambre que Rachele occupe chez elle, avec le vaste lit où le nouveau-né dormait dans le giron de la parturiente. D'origine tunisienne, le rabbin Yaacov Azoulay est habitué, grâce à sa nombreuse parentèle, à comprendre et même à bavarder en un français hérité de l'ère coloniale, l'une des nombreuses langues connues de la grand-mère, et donc s'esquisse la perspective d'une rencontre intéressante.

Il arrive en début de soirée et, aussitôt, il est invité à une légère collation de fromages, de légumes et de fruits, les fromages sont accompagnés de biscottes, par crainte de la graisse de porc incluse dans les petits pains et les croissants. « C'est quoi, cette obsession des juifs pour le porc ? questionne-t-elle son hôte en français.

— Tout d'abord, cette obsession n'est pas uniquement celle des juifs, plaide le rabbin avec un sourire courtois, mais celle de la moitié des croyants monothéistes dans le monde. À part ça, le porc est une créature horrible, en particulier son groin… »

Nonobstant, Grand-Mère le titille en s'alarmant que le porc soit susceptible de se sentir, au contraire, important et singulier si de si nombreux monothéistes s'en méfient à ce point. « Qu'il se sente ce qu'il voudra, madame Luzzatto, répond le rabbin, ce qui nous importe à nous, ce n'est pas ce que le porc ressent, mais ce que Dieu pense de lui.

— Très bien, admet la grand-mère. De toute façon, Rachele m'a affirmé qu'elle vous a promis de consommer de la nourriture *cacher* jusqu'à sa bat-mitsva.

— Et, quant à moi, j'espère qu'elle continuera dans cette voie même quand je ne serai plus là. Votre petite-fille est une adolescente intelligente et attachante, et je vais vous confier un secret étrange, et ne m'en veuillez pas, madame, murmure le rabbin, le visage cramoisi, la voix de plus en plus basse. Si j'avais la patience, je prolongerais de dix années mon célibat et, ensuite, je reviendrais en Italie pour lui envoyer un marieur.

— J'espère beaucoup que vous n'aurez pas cette patience, sourit la grand-mère. Quel âge avez-vous donc, monsieur le rabbin ?

— Trente et un ans.

— Dans ce cas, je suis certaine que votre famille a perdu depuis longtemps toute patience.

— Sans doute, soupire le rabbin.

— En outre, vous l'emmèneriez sûrement en Israël. Aussi, je vous en conjure, gardez votre patience pour une femme qui s'y trouve déjà. Rachele est mon unique petite-fille, et je ne la laisserai pas disparaître, fût-ce en Terre sainte où, de toute façon, il y a déjà trop de juifs. Il faut conserver aussi quelques juifs en Italie, sinon les Italiens vont oublier que nous avons existé. Mais cette nuit, vous n'êtes pas venu pour une demande en mariage, précise la grand-mère, aussi, avant tout, voici l'adresse de la maison afin que vous puissiez retrouver votre chemin lorsque vous voudrez revenir pendant la nuit.

— Et peut-être une clé pour que je ne réveille personne ?

— Inutile, j'ai le sommeil très léger, et si vous sonnez, moi ou un domestique nous vous ouvrirons. Encore une chose : combien d'argent avez-vous sur vous ?

— Environ trois cent mille lires.

— C'est trop. Laissez-en ici deux cents et n'en prenez que cent. Le carnaval, c'est le festival des pickpockets, déguisés ou non, et tous sont incroyablement adroits. Et aussi, ne vous promenez pas habillé ainsi, que les Italiens n'imaginent pas que vous vous êtes déguisé en rabbin. Achetez-vous un masque quelconque.

— Un masque ?

— Oui, un masque. C'est le carnaval.

— Et où achète-t-on des masques ?

— Partout. Pas forcément un grand masque, quelque chose qui couvre les yeux et le nez, un grand masque peut vous gêner en marchant, il ferait beau voir que vous chutiez et tombiez dans la mer.

— Dieu nous en préserve ! Et où dois-je me rendre ? Où se trouve le cœur du carnaval ?

— Dans le centre historique, ne manquez pas de visiter le Duomo.

— Bon, je cours le risque au péril de mon âme, j'aurai de quoi raconter à mes amis en Israël, j'espère uniquement revenir ici sain et sauf. Votre demeure, madame Luzzatto, est stupéfiante de beauté.

— J'aurais été heureuse, rabbin Azoulay, de vous accueillir plus longtemps, et ainsi vous auriez pu peut-être m'enseigner de nouvelles choses que je n'ai jamais sues sur les juifs, mais, après-demain, mon fils, Ricardo, le père de Rachele, doit venir pour se préparer à une opération chirurgicale.

— En effet, Rachele m'a parlé d'un chirurgien turc génial qui assiste chaque année au carnaval.

— Elle a eu aussi le temps de vous parler de ce chirurgien ? Elle capte tout, ce n'est pas pour rien que son grand-père, mon ex-époux, accroche ses compositions aux murs de son cabinet.

— L'avocat ?

— Son père aussi est avocat.

— Et je suppose qu'elle aussi veut devenir avocate. En Israël, un individu sur trois est avocat…

— Non, elle ne veut pas devenir avocate, mais juge.

— Et qui va-t-elle juger ?

— Nous tous. »

Elle donne au rabbin une carte de la ville où sa demeure est entourée d'un cercle. « Si vous vous perdez, n'hésitez pas à demander votre chemin, tout le monde saura vous guider. »

Le rabbin Azoulay se fraie un chemin à travers des ruelles étroites avec, au-dessus de sa tête, le dais nocturne des cieux sur lequel les lampions et les projecteurs de la ville éteignent les étoiles et, devant lui, déambulent des groupes de fêtards déguisés. Il croise une rangée d'étals de vente de masques, qu'il passe en revue, jusqu'à ce que l'un d'eux attire son attention : là, sont suspendus des soutanes noires et des cols romains blancs. Le rabbin Azoulay a toujours regretté que les rabbins juifs n'aient pas l'équivalent des cols que les curés portent même en costume de ville, quelque chose qui puisse les identifier comme rabbins sans être obligés d'enfiler des perles pieuses.

Il achète un col romain et demande à la commerçante de l'aider à le nouer, et cette dernière s'empresse de lui proposer d'ajouter une soutane. Au fond, pourquoi pas ? se dit le rabbin. En Italie, il vaut mieux un rabbin déguisé en curé qu'un curé déguisé en rabbin…

D'autant que la soutane ne coûte que trente-cinq mille lires, et bien qu'elle soit taillée dans une étoffe bon marché et légère, elle insuffle au corps de la chaleur dans le froid de la nuit. Ajoutons un masque, continue à se persuader le rabbin, qui dissimule mes courtes papillotes, je pourrais me fondre dans ce carnaval sans courir le risque qu'un juif quelconque, l'un de ceux pour qui je prêche dans leur synagogue pendant les fêtes, ne me reconnaisse…

Toutefois, il prie la commerçante de découdre la croix brodée au dos de la soutane. « Le tissu est très fin, et si je commence à la défaire, je risque de le trouer. Une croix brodée, ici, c'est un ornement fréquent, personne ne va croire que vous êtes un vrai prêtre, surtout si vous portez un masque et gardez votre chapeau. »

Sans une hésitation, Azoulay pénètre dans le Duomo, entraîné par un groupe de dignitaires que précède un homme drapé dans la bannière italienne avec, à son côté, un officier de police fantoche muni d'une épée noire et, du cœur de cette procession, émerge un individu élancé, maigre, coiffé d'un fez turc, et bavardant en anglais.

Serait-ce le fameux chirurgien, s'emballe Azoulay qui lui emboîte le pas, au son vivace de l'orgue, en direction d'une chapelle. Ce n'est pas la première fois qu'il s'enfonce dans les entrailles d'une église, or aujourd'hui, même lorsqu'il ôte son chapeau, sa calotte solidement plantée sur son chef, il éprouve un léger malaise et doit s'asseoir sur un banc afin de reprendre ses esprits.

Soudain, se faufilent dans la chapelle deux individus vêtus de noir et portant de larges ceintures, coiffés de hauts *shtreimels* à poils, d'où de très longues papillotes, excessives, pas du tout authentiques, invraisemblables même, s'échappent – deux jeunes gens déguisés en *hassidim*, mais sont-ils uniquement italiens ou aussi juifs ?

Les deux gais lurons commencent à s'approcher d'Azoulay, aspirant peut-être à entamer un dialogue interconfessionnel, mais le rabbin a un geste de recul affolé et se hâte vers la sortie, se frayant une voie entre les touristes. Cependant, les deux *hassidim* se ruent à sa poursuite, ne le laissant pas s'éclipser – seraient-ce des juifs déguisés en *hassidim* ? Pourquoi s'obstinent-ils à lui coller aux basques ? Ce sont peut-être des juifs qui ont écouté ses prêches, et qui l'ont reconnu malgré la soutane et la croix, car quel *goy* serait capable de se déguiser comme eux, avec une telle méticulosité, en *hassid* ? Où, de toute façon, vend-on ici de tels *shtreimels* ? Un instant, il songe à se dépouiller de la soutane à la croix, mais redoute de se dévoiler comme simple rabbin. Et où se trouve le port ? Il interroge, sans cesse, des passants, autant de créatures étranges, rois et princes, animaux ou volatiles mythologiques : Où se trouve le port ? La promenade ? Tous lui indiquent la direction, tout le monde connaît la direction. Il court, tandis que la lune oscille au-dessus de sa tête. La demeure de la grand-mère surgit, entièrement illuminée. Il sonne, d'un doigt fiévreux, à la porte.

Ce n'est pas un domestique mais la grand-mère qui lui ouvre la porte, svelte, en chemise de nuit somptueuse, bizarre, peut-être une chemise de nuit royale de la Renaissance. « Déjà de retour, rabbin Azoulay ?

— Oui, répond-il en se débarrassant sans tarder de la soutane et en dénouant le col romain, voyez-vous, je suis un paisible citoyen de Jérusalem, et chez nous, à Jérusalem, il n'y a que de simples juifs et Arabes, et ici, les rues sont pleines de créatures effrayantes. Mais je crois, madame Luzzatto, que j'ai identifié le chirurgien turc venu sauver votre fils.

— Vous faites erreur, le chirurgien turc a repoussé son arrivée, et impossible de savoir s'il viendra ou non. »

Un hoquet plaintif s'exhale de sa poitrine, le gémissement de quelqu'un peu habitué à pleurer.

« Pourquoi vous désespérer, madame ? dit-il, s'approchant d'elle timidement. Si ce n'est pas celui-là, un autre chirurgien, peu importe qui, le fera, et moi-même, je vais l'aider par mes prières. Dès l'instant où on va l'anesthésier au bloc opératoire, et jusqu'à ce qu'il se réveille, avec l'aide de Dieu, je vais le garder près de nous en récitant des psaumes afin qu'il n'ait pas la tentation de s'échapper vers le monde des esprits. Je vais lire tout le livre, sans m'arrêter. Je vous demande uniquement de m'informer quand je devrai commencer. »

21.

À l'approche de l'hospitalisation et de l'opération, le père et la mère s'installent chez la grand-mère, tandis que Rachele est hébergée chez grand-père Roberto, dont la maison est certes éloignée de l'école en comparaison de celle de grand-père Ernesto et de grand-mère Paola, mais elle dispose d'un vaste espace et, là, des domestiques veilleront au bien-être de la jeune invitée.

Chaque matin, un taxi achemine Rachele à son école et la ramène en fin de journée. Comme l'élève a honte d'arriver en taxi, elle demande au chauffeur de s'arrêter à une distance de deux rues pour continuer à pied, parfois même trempée sous la pluie et tremblante. La jeune enseignante la déçoit. Elle ne pose pas beaucoup de questions à ses élèves et n'attend pas d'eux des réflexions originales. Rachele se rend compte qu'il n'y a aucune utilité à être assise tout près, derrière Andrea, là où le doigt levé d'un élève peut attirer l'attention sur lui, car il y a peu de chances de se manifester de cette façon. D'autant qu'avec les nombreux jours pluvieux, la rangée de côté croule sous les imperméables, les parapluies et les bottes en caoutchouc, et même si Andrea s'efforce de laisser de l'espace à sa bien-aimée, Rachele se résigne à s'installer dans le fond de la classe à la place laissée libre par Antonella, et, plutôt que de tenter de prouver son intelligence, elle bée devant le monde à travers la fenêtre, tandis que la maîtresse somnole sur son estrade.

En effet, épuisée, l'institutrice profite de chaque occasion pour distribuer des exercices sur table à ses élèves et, ce faisant, piquer un somme. Pendant la matinée, une vieille nourrice s'occupe de son nourrisson auquel, grâce à son expérience, elle réussit à imposer un sommeil si profond et si prolongé que, dès le soir, et pendant presque toute la nuit, le bébé veut jouer et refuse de s'endormir. Le père, étudiant en quatrième année de médecine, se porte volontaire à des tours de garde nocturne, comme infirmier dans un poste de la Croix-Rouge afin de financer ses études et de contribuer au règlement de leur hypothèque. Et il convient de porter à son crédit que, même pendant ses tours de garde, il n'oublie pas son épouse aux prises avec leur enfant, et il prépare donc les exercices qu'elle donne à ses élèves, ramasse en fin de cours et restitue à son époux pour les corriger. Mais les observations et les notes, il les inscrit sur une feuille séparée afin que sa femme les recopie de sa main et montre aux élèves et à leurs parents que son enseignement est méticuleux et dévoué.

Grand-père Roberto se rend, tous les deux jours, à l'hôpital pour voir son fils et en rapporte ses salutations à Rachele. Il ne détaille pas le contenu des analyses, ni même ne fait allusion à l'arrivée du chirurgien, pour autant que ce dernier débarque un jour. Et même quand la jeune fille discute au téléphone avec son père ou sa mère, elle craint de poser des questions dont les réponses pourraient accroître sa frayeur.

Puis arrive le jour où non seulement grand-père Roberto et son épouse se rendent à l'hôpital, mais aussi grand-père Ernesto et grand-mère Paola ; Rachele comprend que quelque chose est en train de se produire. Journée hivernale, mais non pluvieuse. De la fenêtre de la classe, elle constate que l'aire de jeux est vide. Seul un adolescent, d'une classe supérieure, coiffé d'une casquette, s'échine à lancer un ballon dans un panier de basket, mais sans aucun succès. Le ballon heurte à chaque fois le cercle qui renvoie un son métallique, puis rebondit à l'autre bout du terrain. Or, le jeune homme ne désarme pas, il ramasse le ballon, recommence, et rate tout autant.

La casquette dissimule certes son visage, jusqu'à ce que le vent arrache son couvre-chef, et que ses traits se découvrent. C'est Enrico, le beau garçon qui l'a emmenée chez la directrice, la veille de Noël. Enrico, que la maîtresse a nommé intentionnellement Cicillo, à l'instar de l'enfant au chevet d'un malade qu'il prenait pour son père. Enrico dont *je* suis tombée amoureuse quand il me conduisait dans le couloir désert et que j'ai cherché sur les pistes de la station de ski.

Elle se lève, dépose son devoir devant la maîtresse et, sans demander la permission, et sans manteau, vêtue uniquement d'un léger chandail, elle descend dans la cour de récréation.

« Tu es Enrico, lui dit-elle en effleurant sa manche, tu te souviens de moi ? Rachele Luzzatto, que tu as emmenée chez la directrice. »

Enrico la dévisage, et comment il s'en souvient de cette fille que son père n'a pas autorisée à tenir le rôle de la Mère de Dieu, parce qu'il est juif.

« Moi aussi, je suis juive comme lui », déclare-t-elle comme si elle révélait un secret, ajoutant : « Je te regarde depuis un bon moment à travers la fenêtre de la classe et je m'étonne que tu ne réussisses jamais à marquer un panier.

— C'est exprès, exprès. Je rate exprès, je tape le cercle exprès.

— Exprès ?

— Oui, exprès.

— Pourquoi ?

— Parce que j'en veux au monde !

— Quel monde ?

— Le monde entier. Tout ce qui existe. »

Et il lance le ballon dans le panier et, pris par l'émotion, il rate le ratage, et le ballon pénètre dans le filet et chute à terre.

« Tu vois, dit-il avec un sourire, tu m'as embrouillé. »

Rachele lui rend son sourire.

« J'ai rendu visite à la maîtresse Emilia Gironi, et j'ai même dormi chez elle, elle m'a parlé de toi et m'a dit que ta mère était hospitalisée depuis pas mal de temps.

— Ma mère ? Pas du tout, rougit-il, elle a confondu, ou c'est toi qui confonds. C'est mon père qui était à l'hôpital. C'est peut-être pour ça qu'elle m'a appelé Cicillo.

— C'est ton père et pas ta mère ? Et qu'est-ce qui est arrivé à ton père ?

— Il est mort.

— Ton père ?

— Mon père. »

Rachele frissonne de tous ses membres, elle a du mal à se tenir debout ; si elle avait été plus proche du pilier du panier, elle se serait appuyée dessus. Enrico est remué par la belle jeune fille tremblant dans son léger chandail.

« Comment ça, il est mort ?

— Deux jours après la fête.

— Quelle fête ?

— Noël.

— Et ta mère ?

— Ma mère va bien. Elle n'est pas malade.

— Par hasard, tu n'aurais pas aussi un frère ou une sœur ?

— J'ai deux grandes sœurs. L'une a déjà un bébé. Mais pourquoi toutes ces questions ? »

Rachele ferme les yeux, elle croise les bras sur sa poitrine.

« Pourquoi tu es sortie comme ça, sans manteau ? s'écrie Enrico qui ôte son battle-dress et enfile les bras de Rachele dans les manches.

— *Mon* père aussi est hospitalisé.

— Ton père qui ne t'a pas autorisée à jouer le rôle de la Vierge Marie ?

— Lui-même. »

22.

Puisque le chirurgien turc réputé a fait faux bond à la dernière minute, le directeur de l'hôpital se voit contraint de faire confiance à deux médecins italiens pour cette intervention compliquée, qu'il supervise lui-même. Et bien qu'il soit impossible de savoir si l'ablation du « supplément » n'a pas laissé de traces invisibles, il semble que l'opération ait atteint son objectif. Les membres de la famille et le médecin traitant, aux aguets en vue du réveil complet de l'opéré afin d'avoir l'assurance que le scalpel des chirurgiens n'a pas lésé son sens de la repartie et de l'humour, se réjouissent de constater que Ricardo recouvre sa conscience et, donc, au bout de quelques jours seulement, il reçoit son permis de sortie afin de parfaire sa convalescence dans la demeure de sa mère, proche de l'hôpital.

Aussi l'heure est-elle venue pour sa fille qui, jusque-là, était empêchée de rendre visite à son père, de recevoir l'autorisation de venir le voir, et le grand-père informe la directrice d'école de son absence prévisible, et en reçoit l'agrément. Avant que le grand-père et sa petite-fille ne prennent la route, ils s'attardent un peu au tribunal d'instance où Roberto remplace son fils au cours d'un procès impossible à repousser.

Ce n'est pas la première fois que Rachele met les pieds dans un tribunal. Parfois, pendant les vacances scolaires, son père l'emmenait pour qu'elle se fasse une idée de son travail, et pour impressionner ses amis. Aujourd'hui encore, quelques-uns d'entre eux reconnaissent la jeune fille et lui demandent des nouvelles de son père. « Dis-lui bien que ses amis attendent son retour ici le plus vite possible », lui déclarent-ils, et elle accepte cette mission, mais pour qu'elle soit accomplie comme il convient, elle demande à ces amis-là de noter leurs noms sur une feuille de papier.

Dans la salle des débats, attendent déjà le procureur général et l'accusé, un émigrant albanais âgé d'environ quarante-cinq ans, entré clandestinement en Italie cinq ans plus tôt, qui, afin d'obtenir la nationalité, a épousé une jeune Italienne, qui lui a donné un enfant, tout en cachant qu'il avait déjà une femme et des enfants dans sa patrie.

Lorsque la juge pénètre dans la salle, tout le monde se lève en son honneur, mais, avant de s'asseoir, elle se dirige vers Roberto Luzzatto pour lui demander des nouvelles de son fils. Le grand-père lui présente Rachele et lui annonce qu'à la fin de la séance ils s'apprêtent à se rendre au chevet du malade. « Dans ce cas, salue ton père de ma part », dit la juge à Rachele, et cette dernière prie la juge d'ajouter son nom aux autres sur sa liste. Le ton assuré de la fillette divertit la juge et, après avoir noté son nom et son titre, elle s'enquiert si Rachele a l'intention de devenir avocate comme son grand-père et son père.

« Non, pas avocate, mais comme vous.

— C'est-à-dire ?

— Juge.

— Et qui voudras-tu juger ?

— Tous ceux qui ont besoin de justice. »

Pendant les débats, Roberto Luzzatto se montre confus, comme s'il ne s'était pas préparé convenablement aux réquisitions du procureur. De fait, une telle affaire n'est pas de la compétence d'un avocat spécialisé en immobilier. Son père aussi plaide surtout au civil et en litiges commerciaux mais, s'il avait accepté ce dossier, il lui aurait tout simplement paru capital, pour une raison ou une autre, et il est vraisemblable qu'il aurait mieux défendu l'Albanais que son père, désarçonné à plusieurs reprises par le procureur général. Rachele a l'impression que la juge, qui s'est montrée si charmante à son propre égard, ne témoigne d'aucune compassion pour l'épouse italienne de l'Albanais, assise dans la salle sans prononcer un mot, se contentant de poser une main sur l'épaule du petit enfant assis à côté d'elle.

Le beau visage triste de l'accusé ne lâche pas Rachele, même pendant le trajet en train. Nul doute que, grâce à sa beauté, il ait réussi à séduire une femme aussi jeune, et de lui faire un enfant qui, désormais, restera en Italie sans son père. La famille Luzzatto dispose d'une fortune conséquente, aussi Rachele échafaude-t-elle un scénario impossible dans lequel sa famille assumerait l'éducation de cet enfant, lequel, du fait qu'il est mi-musulman et mi-chrétien, pourrait être aussi un peu juif.

Cela fait plus de deux semaines que Rachele n'a pas vu son père, et ces retrouvailles l'affolent, car grand-père Roberto lui a révélé qu'au cours de l'opération on lui a rasé le crâne. Mais, ce matin, sa grand-mère lui a enjoint de se montrer courageuse, même si son père lui paraît étrange, voire différent : « Souviens-toi que c'est toujours ton père qui t'aime infiniment. »

23.

La pièce dans laquelle Rachele pénètre ne ressemble pas à la belle chambre où elle a séjourné à son retour des Alpes. Pour l'heure, elle est encombrée d'objets, dont certains ont été apportés avec le malade depuis l'hôpital. Le père est couché sur le flanc, somnolent, son nouveau crâne rasé, d'où le pansement a été ôté, brille par-dessus la couverture. Rachele frémit, hésitante, aussi préfère-t-elle se pencher d'abord sur la chienne, elle aussi étendue sur le flanc, tandis que son unique chiot nouveau-né tète une mamelle. La chienne remue la queue, mais gronde aussi pour mettre en garde sa maîtresse de ne pas toucher son petit.

« Cette année, nous n'avons eu qu'un chiot, dit-elle à son père qui ne tourne pas encore la tête de son côté. Alors, à qui on va le donner ?

— À personne. Pour le moment, c'est toi qui vas t'en occuper.

— Il ne ressemble en rien à Diana, comme s'il appartenait à une autre race.

— De nos jours, les races se mélangent. On peut à peine protéger le pedigree des chevaux. Viens, Rachel, approche. »

Il tâtonne sous la couverture, en retire le béret des partisans que la directrice d'école avait donné à Rachele, la veille de Noël, et le coiffe.

« Eh bien, me voilà, moi aussi, un partisan.

— Mais qui étaient les partisans ?

— Ceux qui ont dérouté et surpris l'ennemi. Maintenant, moi aussi, je vais dérouter l'ennemi qui s'est infiltré en moi. »

Rachele voudrait dire quelque chose, mais les mots lui restent dans la gorge. Elle s'assoit sur le lit de parturiente de l'ancienne maternité et, soudain, se couche contre son père pour lui remonter le moral. Ricardo tend la main et l'effleure.

« Te voilà enfin, mon bébé est de retour…

— Tu vas me laisser toute seule…

— Pourquoi toute seule ? Tu es entourée de tout le monde ici.

— Tout le monde ? Ceux-là n'existent pas. Tu sais bien que, sans toi, je n'ai personne. Sans toi, je devrai aller chercher le Saint-Esprit que tu n'as pas laissé m'enlacer pendant le spectacle.

— Où vas-tu le chercher ?

— Dans le monde.

— Quel monde ?

— Je vais poser la question à la maîtresse, au rabbin… Peut-être que j'irai le chercher là où il se trouvait quand est né cet enfant, peut-être même à Jérusalem où Marta va habiter quand ses parents seront médecins.

— Il n'y a pas de Saint-Esprit à Jérusalem. Ni nulle part ailleurs…

— Dans ce cas, qui est le père de cet enfant ?

— On l'a peut-être appelé fils du Saint-Esprit, mais il soufflait là un esprit tout à fait ordinaire, un esprit parmi d'autres esprits.

— Eh bien, je vais le trouver au milieu des autres esprits et lui rappellerai d'être sacré. Je le lui ordonnerai, je vais le supplier, et je vais le convaincre.

— Il en est incapable, car il n'a jamais existé. C'est la raison pour laquelle je n'ai pas voulu que tu représentes Dieu, que tu n'ailles pas croire que le Saint-Esprit a réellement existé, et qu'il puisse revenir et enfanter d'autres dieux.

— Non, non, pas d'autres dieux, tu as raison, Papa, le monde n'a pas besoin d'autres dieux, il y en a déjà trop.

— Alors, que souhaites-tu voir venir au monde ?

— Quelqu'un qui reste avec moi.

— Avec toi ?

— Oui, avec moi. Non pas un dieu, mais un frère, un frère, tout simplement, un frère qui restera avec moi lorsque tu ne seras plus là. »

Giv'atayim 2019-2020.

Cet ouvrage a été achevé d'imprimer sur Roto-Page
par l'Imprimerie Floch à Mayenne
pour le compte des éditions Grasset
en mai 2022.

Mise en pages
PCA 44400 Rezé

N° d'édition : 22470 – N° d'impression : 100357
Dépôt légal : juin 2022
Imprimé en France

